Katrina Schulz

Die Flausen bleiben einfach

Kurzgeschichten aus einem ganz normalen
weiblichen Leben

Bibliografische Information der Deutschen Nationalbibliothek:
Die Deutsche Nationalbibliothek verzeichnet diese Publikation in der
Deutschen Nationalbibliografie; detaillierte bibliografische Daten
sind im Internet über http://dnb.dnb.de abrufbar.

© 2023 Katrina Schulz

Herstellung und Verlag: BoD – Books on Demand, Norderstedt

ISBN: 978-3-7557-1614-3

Dieses Buch, die Idee dazu kam mir, als ich nach der Gallenblasen-OP zu Hause war. Ich verspürte das Verlangen, mich von meiner Gallenblase würdevoll und lustig zu verabschieden. Dieses Buch ist nun das Ergebnis.

Danke an meine Motivatoren*innen und die Getränke-Verkoster*innen. Mutti, danke für die guten alten DDR-Kuchenrezepte. Unschlagbar.

Und ich widme es all den Mädels, den KatastroFEEN, den Prinzessinnen, den Räubertöchtern da draußen, die Schatten und Sonne kennen, aber nie den Optimismus verloren haben und stets mit einem frechen trotzdem respektvollen Spruch bewaffnet durch das Leben schreiten!

Schön, dass es euch gibt!

Das erwartet dich

5

Ode an meine Gallenblase

Du warst so lange ein Teil von mir, ein halbes Jahrhundert. Wir waren ein Herz und eine Seele, wirklich ein gutes Team. Zusammen haben wir gefeiert, stressige Zeiten erlebt, alle Ess- und Trink"gelage" überstanden. Wir waren einfach unzertrennlich. Hach, wir hatten wirklich eine schöne Zeit.

Doch irgendwann, vor etwa drei Jahren, bist du komisch geworden. Erst habe ich das gar nicht so extrem gemerkt, nur kleine „Sticheleien". Im Laufe der Zeit hast du mich immer wieder geärgert. Weshalb, du hattest es immer gut bei mir? Plötzlich wurdest du dann „gries"grämig und wolltest „stein"reich sein. Dann hast du dich auch noch aufgeplustert.

Seit einigen Tagen gehen wir nun ad hoc und sehr spontan getrennte Wege. Du hast mir die Trennung echt nicht einfach gemacht, mit etwas „Komplikationen" und „Nachwehen". Aber jetzt sehe ich nach vorn, ich muss ja nun fortan ohne dich sein. Danke für die vielen guten Jahre. Ich hoffe, dass der Trennungsschmerz schnell heilt. Narben hinterlässt du auf alle Fälle, innen als auch außen. Klar, eine Diva geht nicht einfach so.

Der Feind am Bett

Ich gebe mich eben all den wunderschönen und fantasievollen Träumen hin. Plötzliche kurze Bildstörungen. Was ist das für ein Ton zu den traumhaften Bildern....

Neeeeeeeein! Der WECKER!

Die ersten Gedanken: ‚Ich vier-teile ihn.', ‚Idiot – nicht doch jetzt, ich bin noch nicht fertig.', ‚Weshalb immer ich.' … Wer kennt das nicht, wer kennt ihn nicht – den ultimativen Feind am Bett.

‚Noch fünf Minuten, dann stehe ich auf. Nur fünf Minuten.'. Pünktlich fünf Minuten später, ich habe mich grade wieder schön eingekuschelt und gebe mich den Gedanken erneut hin, meldet sich vehement wiederum DIESER FEIND.

Erstmal strecken, ein Auge kurz öffnen ‚Ooooh neee, es ist noch dunkel und regnet.'. Aber jetzt bin ich wach, vielen Dank dafür und vor allem weiß ich nicht, wie mein fantastischer Traum ausgeht. Mordgedanken.

Na gut, ich öffne beide Augen – ‚Ob ich mal wieder das Zimmer streichen sollte?' - was für Ideen???!!! Langsam, gaaaaaaaanz langsam schiebe ich die Decke zur Seite – grrrrr, es ist kalt. Hilft nichts, aufrichten und mit zerknautschtem

Gesicht, wild zerzauster Frisur erheben und Richtung Bad taumeln.

Der Spiegel verweigert mir die Antwort und fragt sich stattdessen, wann und wie ich DAS wohl hinbekommen habe – ob mich ein Bus überfahren hat?

Mein Tagesziel lautet aber: ‚So gut gelaunt sein, dass negative Menschen keine Lust mehr haben, in meiner Nähe zu sein.' Mindestens ein Triathlon bis dahin.

Ein typischer Morgen!

Spieglein, Spieglein ...

Der Spiegel antwortet auf die Schneewittchen-Frage schon lange nicht mehr. Er möchte wohl nicht unhöflich sein. Sehr löblich.

Da stehe ich nun, die Bettwärme ist noch nicht verflogen, die Haare gleichen dem Ergebnis nach einem Orkan und irgendwie fehlt noch die dynamische Frische.

Die Zahnpflege beginnt, da kann ich wenigstens die Augen schließen. Zwei Minuten nochmal in Träume eintauchen. Gut, das wäre schon mal erledigt.
Jetzt die Haare zum Zopf bändigen. Ich weiß auch nicht weshalb sie ein Eigenleben führen.
Die Dusche wartet schon und grinst sich eins. Sie weiß genau, dass ich gleich fluche, da mir kalt ist. Zumindest verströmt der Duft des Duschgels Lebensfreude und meine Lebensgeister erwachen.

Gut trocken gerubbelt stehe ich wieder vor meinem „liebevollen" Spiegel. Oh, die Denkerfalte ist heute eher ein Krater. Die Augen"fältchen" – wie es aussieht, habe ich viel gelacht. Diese Argumentation gefällt mir.
Der Gesichtspflege-Marathon beginnt – Reinigungsschaum, Tonic, Feuchtigkeitsserum, Augengel, Dekolleté-Creme, Bodylotion – natürlich hautstraffend und mit leichtem Bräunungseffekt (für den sommerlichen Glow-Effekt).

Und so vergehen die Minuten am Morgen. Meine Gedanken: ‚Komisch, vor 20 Jahren ging das alles schneller.'

Nun die Paradedisziplin - Tagesmake-up. Die Augenringe – sie sehen aus, als hätte ich an einem Boxkampf teilgenommen - müssen mit dem Concealer abgedeckt werden. Make-up, Puder und ein Hauch von Rouge. Meine Augen – Spezialdisziplin. Lidschatten (die Prinzessin gönnt sich ein bisschen Glitzer), nach außen dunkler werdend. Nun der Eyeliner – verdammt, abgerutscht und viel zu dick. Also die Augen-Deko nochmals von vorn. Wieder beim Eyeliner angekommen: ‚Konzentriere dich! Ja, ja – so muss es aussehen.' - Erleichterung. Jetzt nur noch Kajal nachziehen und Mascara auftragen. Oh nein, die Mascara verklebt heute doll die Wimpern. ‚Ach was soll`s, geht noch.' und zum Abschluss Lipgloss.

Und siehe da, der Spiegel lächelt mich an.

Dem Thema Haare widme ich eine gesonderte Anekdote. ...

Das Frühstücksgedeck

Morgens warten aufgeregt fluffig hippe Brötchen, schnöde Stullen, charmanter französischer Käse, die temperamentvolle ungarische Salami, Kocheier mit harte Schale - weicher Kern-Charakter, etwas durcheinander erscheinendes Rührei, das sich breit machende coole Spiegelei, der wie von der Sonne geküsste zartschmelzende Honig, Marmeladen aus süssen, frechen Früchten auf dem von uns geliebten Frühstücksbuffet.

Menschliche Schritte – alle bringen sich in Position, zeigen sich von ihrer leckersten Seite. Buhlen, um auf dem wunderschönen Porzellanteller zu landen und möglichst ein Alleinstellungsmerkmal einzunehmen.

Es gibt Verschwörungstheorien zwischen Brötchen und Honig. Das Brötchen ist happy, wenn es mit Honig eingecremt wird. Der charmante Franzose würde gern mit der temperamentvollen Ungarin in Kontakt treten. Aber sie möchte allein im Stullenbett landen. Das Kochei lässt sich sogar den Kopf zerschlagen und Salz in die Augen streuen nur, um auf dem Teller Platz nehmen zu dürfen.

Es ist schon spannend, Teil eines Frühstücksbuffets zu sein.

Du hast die Haare schön ...

Frauen und Haare – das könnte ganze Buchreihen füllen. Grundsätzlich ist es so: wir sind mit unseren Haaren sowieso nicht, niemals zufrieden. Entweder zu dünn, zu dick, zu viele Naturlocken, ... Aber so wie „von Gott gegeben" müssen wir wohl mit unseren Haaren einen Kompromiss schließen.

Morgens vor dem Spiegel – Haare offen, Dutt, Zopf??? Hmmmm, so stur wie die heute sind, wird es wohl ein Dutt. Stur wie ein Teenie in der Pubertät. Da hilft auch kein Haaröl mehr, sie möchten heute nicht die Freiheit der offenen, wehenden Haare genießen. Was für eine wunderschöne Vorstellung – eine leichte Windböe in den Haaren. Nicht abschweifen. Dann eben keine Freiheit heute! Im Moment sieht es noch so aus, als ob ein Orkan bzw. Hurrikan über meinen Kopf gewütet hat. Aber ein zerzauster Dutt ist grade total hip und angesagt. Man kann sich wirklich vieles schön reden.

Abends dann die Torture – Haare waschen. Der Abend ist damit schon hin. Vor dem Waschen die langen Haare kämmen – verflucht, da ist ein Knoten drin. Vorsichtig versuche ich, diesen auszubürsten. Dabei muss ich den schmerzlichen Verlust von einigen Haaren hinnehmen. Kurze Trauerphase. So, endlich geschafft. Nun beginnt der eigentliche Waschvorgang. Haarwäsche, -spülung (für die gute Kämmbarkeit) und eine Haarkur (Gesundheit für die Haare und für einen unwiderstehlichen Glanz). Das wäre schon mal geschafft. Ich stehe mit einem Turban auf dem Kopf vom meinem Spiegel-Freund. Luft-trocknen, Föhnen, Lockenwickler? Schon wieder die Qual der Wahl. Ich entscheide mich für die Lockenwickler - bin im Moment alleine zu Hause, so dass niemand erschrocken vor meinem unsexy Lockenwickler-Kopf davon läuft. Und so beginne ich, Strähne für Strähne symmetrisch aufzuwickeln. Gefühlte fünf Stunden später erledigt und nur wartet die gute alte und bewährte Trockenhaube – eine Stunde Vollgas. In dieser ‚Hot-Hour' lese und beantworte ich Mails, hab` mal Zeit durch die sozialen Netzwerke zu schauen. ‚Ah, die Sängerin hat schon wieder einen Neuen, man hat die einen Verschleiß.' … ‚Mit der Apfeldiät 30 kg in 2 Tagen' – schon klar. … Die Stunde ist um und ich kann endlich (hoffentlich) zufrieden meine Haarpracht genießen. Erstmal auswickeln – hach, sie fallen so schön. Ich fühle mich wie ein Haarmodel! Wie war die Werbung: ‚Sonne im Dorf, Wind am Wasser … die Haare liegen.' Aber der Pony ist noch nicht optimal, das Glätteisen muss ran. Eeeendlich, nach zwei Stunden bin ich fertig, wirklich fertig.

Und morgen früh war dann wieder der Orkan da!

Exkurs Frisörtermin:

Es gab Zeiten, da bin auch ich zum Profi mit einem Foto aus dem Glanzmagazinen. „So möchte ich meine Haare haben." Tiefes Ausatmen und gefühltes Augenrollen hinter mir. Dann wird mir erklärt, dass ich zu viele Haare habe, der Schnitt nicht zu meiner Gesichtsform passt und blond, blond geht gar nicht. Meine Gedanken zu dieser Aussage möchte ich jetzt nicht Preis geben, sie waren nicht nett!

Aber zum Glück gibt es Friseure*innen! Oder sagt man Frisöre/Frisörinnen???... Die wahren Künstler und Helden des Alltags. Sie verändern die Länge, die Farbe und machen einen anderen Menschen, zumindest optisch, aus uns. Danke, dass es euch gibt! Und ich vertraue meinem Profi blind. Klar haben wir auch schon über die Themen ´Mittelscheitel oder Farbe´ gesprochen. Ich war gar nicht begeistert vom Mittelscheitel: „Dann sehe ich aus wie eine aus 3 Engel für Charlie" und siehe da, ich durfte mich eines besseren belehren lassen. Danke Ixxx, du bis halt ein Profi!

Zum Thema Motorradhelm oder Mütze tragen möchte ich mich nicht äußern!

Mythos Kleiderschrank

Welche Frau kennt diese - schon irgendwie hysterische – Feststellung nicht: ‚Ich habe nichts anzuziehen!'. Kleiderschrank und Schuhschrank gut gefüllt, aber es ist nie DAS Richtige dabei.

Morgens nach dem Wecker-Feind, dem unfreundlichen Spiegel im Bad, dann die Frage aller Fragen: ‚Was ziehe ich heute an?'.
Ersteinmal Orientierungslosigkeit. ‚Wie ist meine Stimmung bzw. Laune heute? Das Wetter? Eher schlicht, eher Farbe? Hose, Rock, Kleid?'.

Wir Frauen haben es wegen der Wahlmöglichkeiten schon deutlich schwerer. Der Auswahlmarathon beginnt und gleicht einer olympischen Disziplin. Dann habe ich mich entschlossen, probiere es an – Falten und Knitter, es müsste nochmal gebügelt werden. Keine Zeit dafür.
Dann doch den Vizemeister anziehen. Vor dem Spiegel: ‚Nee, irgendwie sieht das heute nicht gut aus. Geht gar nicht.'
Das drittplazierte Outfit freut sich, ein guter Kompromiss, obwohl ich lieber den Sieger … – nein, keine Zeit.

Hektik, bloß jetzt kein Make-up an das Oberteil schmieren. ...
Dann bin ich endlich fertig angezogen und bereit zum Abmarsch, da macht sich neue Panik breit: ‚Verdammt, welche Schuhe ziehe ich dazu an?????????'

Schuhe ...

„Ich kann nichts dafür, die Schuhe haben Mama zu mir gesagt." - welch herrlicher Spruch, der unsere Neigung zur Schuh-Rudelbildung relativiert und entschuldigt.

Vom Flipflop bis zum Skistiefel – Frau braucht alle, wir möchten flexibel sein. Und es gibt eine Menge von verschiedenen Schuhen: Flipflops, Pantoletten, Sandalen, Ballerinas, Budapester, Plateauschuhe, Chelsea Boots, Clogs, Espadrilles, Pumps, Peeptoes, High Heels, Loafer, Mules, Stiefeletten, Stiefel, Overknees, Slipper, Sportschuhe, Sneaker, ...

Und die verschiedenen Farben, das Outfit muss schließlich stimmig sein. Tasche – Gürtel – Schuhe sollten eine farbliche Einheit bilden.

Ein weißer Sneaker ist Pflicht – sportlich elegant und passt wirklich zu fast allem (das Abendkleid nehme ich jetzt mal aus). Dazu beigefarbene Pumps oder Peeptoes – die strecken das Bein. Und ein schwarzer High Heel für besondere Momente. Flipflops für die Wohlfühlmomente - verbinde ich mit Urlaub.

Ganz vergessen habe ich die sogenannten „Bettschuhe". Sie sehen raffiniert und sexy am Bein aus. Nachteil: man kann keine zehn Zentimeter darin laufen. Aber wer will das schon, die Zielstellung sieht anders aus. Egal, Hauptsache es sieht im Stehen und „danach" super sexy aus.

Im Alter sind dann eher trittdämpfende Schuhe und Schuhe mit Wechselfußbett interessant und empfehlenswert.

Meine persönlich erlebten Highlights mit Schuhen:
1) Im Gitterabtreter mit den High Heels hängen bleiben. Ca. sechs Personen wollten helfen und ich musste einfach nur Lachen. Ich hatte Bedenken, dass ich das Gitter mitnehmen muss, da die Schuhe wirklich preisintensiv waren.
2) Von der Bordsteinkante abgerutscht und der Absatz ist abgebrochen. Zum Glück war das genau vor der Haustür.

Fazit: Also liebe Herren, wir opfern unsere Füße für einige schöne Momente!!! Und letztendlich sind wir sooooo emotional und wissen, dass DIESE Schuhe uns einfach brauchen. UNSCHULDIG!

Koffer packen – Das Grauen persönlich

Egal ob ein Wochenendausflug, ein Seminar oder die Urlaubsreise anstehen, es müssen immer Sachen gepackt werden. Und da sind sie, die typischen Probleme, die sich mit dem Wetter am Zielort oder den geplanten Unternehmungen auseinander setzen.

Ich habe gefühlt schon 15 kg Gepäck nur wenn ich am Wochenende verreise. Der unschlagbare Fakt ist: Ich muss auf alle Eventualitäten vorbereitet sein. Das heißt Klamotten für den normalen Alltag, für sportliche Betätigungen, für das abendliche Dinner, für eine mögliche Veranstaltung. Dazu die passenden Schuhe, Handtaschen und Jacken und siehe da, 15 kg. Ich kann gar nichts dafür!

Wer kennt es nicht, man fliegt in den Urlaub und 20 kg Gepäck einschließlich „Waschtasche" sind erlaubt. Wie soll das gehen? Niiiiiemals! Zuerst legt man alles auf das Bett – Unterwäsche, Badesachen, Shirts, Kleider, Hosen, Schlafsachen, Nähzeug, Ladekabel, Reiseapotheke, die gefüllte Waschtasche, …

Dann beginnt das Selektieren. Wie viele Shirts und Oberteile brauche ich für 14 Tage? Hm, Schlafzeug wird auch überbewertet. Gut, dann eben nur sechs Paar Schuhe statt acht. Und so geht es weiter.

Dann kommt der Moment der Wahrheit – das Wiegen des Koffers. 24,7 kg – na super. Soll ich es wagen? Zu viel Gewicht ist preisintensiv. Also nochmal alles auspacken und erneut selektieren. Gut, drei Bikinis reichen auch. Und dieses Kleid brauche ich eigentlich nicht, knittert sowieso, …

Nach einer gefühlten Ewigkeit des zwiespältigen Monologs und des Selektierens dann erneut das Erlebnis „Waage". Yeah, 20,8 kg. Egal! Dann meldet sich der Kopf mit der Frage: ‚Habe ich auch wirklich alles?' Am liebsten nochmal auspacken, aber nein: no risk no fun!

Da ich viel unterwegs bin, habe ich für mich Checklisten zum Abhaken erstellt - für drei Tage und für 14 Tage. Zwar sind keine Mengenangaben aufgeführt, aber alles was zum Beispiel im Ausland gebraucht wird (ein kleiner Auszug: Klamotten, Schuhe, Reiseapotheke, Nähzeug, Spiele, Reisebügeleisen, Ladekabel, Reisedokument, Waschsachen, Schmuck, ...).

Zumindest klappt es jetzt besser und ich stelle mich regelmäßig dem Grauen. Man lernt mit jedem Packen dazu!

Traumurlaub auf Umwegen

Jeder kennt diese Freude, der Urlaub beginnt. Nur noch wenige Stunden ist man von seinem Traumziel – Sonne, Strand, Meer entfernt. Bis dahin erlebt man jedoch ab und an spannende Turbulenzen.

So hatte ich das Vergnügen, dass mein Koffer ohne mich Urlaub auf Mallorca machte. Mein Zielflughafen war lediglich Köln/Bonn. Aber der Koffer musste natürlich wieder seinen Kopf durchsetzen. Ich lande also Freitag abends, stehe am Gepäckband und warte und warte und warte. Die Halle lehrte sich und ich warte weiter. Der Sicherheitsmann irgendwann zu mir: „Der Koffer ist wohl nicht dabei." Wirklich ein schlaues Kerlchen. Das war der Start von 30 Minuten Bürokratie. Unter anderen sollte ich meinen Koffer ganz genau beschreiben. Meine Antwort: „Schwarz!"

Die Waschtasche gehört heutzutage in den Koffer. Wer hat sich diese blöde Idee einfallen lassen? Definitiv keine Frau! So stand ich also nur mit meinem Handtäschchen bestückt auf dem Flughafen. Kein Waschzeug, keine Unterwäsche, keine Klamotten. Wie gesagt, es war Freitag gegen 20 Uhr. Oberste Priorität, eine Apotheke und einen Klamottenladen finden. Apotheke ging schnell – Zahnbürste, Creme, Kontaktlinsenmittel. Um diese Zeit gestaltete es sich allerdings hinsichtlich der Klamotten bzw. Unterwäsche schwierig. Dann erblicke ich eine Leuchtreklame „Beate Uhse". Ich stand ein wenig hilflos vor der Eingangstür, aber ich brauchte nun mal Unterwäsche. Augen zu und durch. Also ging ich erhobenen Kopfes und mit feuernden Wangen in das Erotikfachgeschäft. Dort sprach ich umgehend eine Verkäuferin an, ob sie halbwegs „normale" Unterwäsche im Sortiment haben. Sie lächelte, ich erklärte ihr die Ausgangssituation und sie löste mein Problem. Ganz nett anzuschauen das Set.... Der Vollständigkeit halber möchte ich erwähnen, dass mein Koffer 24 Stunden nach mir in Köln/Bonn war.

Dieses Erlebnis war nur ein Warm up zu dem, was ich ein paar Jahre später erlebte. Das Reiseziel: Bali über Bangkok. Der Zug befindet sich auf dem Weg von Leipzig nach Frankfurt/Main. Auf halber Strecke wurde er deutlich langsamer, bis wir abschließend stoppten (Neudietendorf hat sich eingebrannt). Schnell „schwieg" sich durch die Abteile, dass der Triebwagen, also die Lok kaputt ist. Kein Thema, wir haben noch fünf Stunden bis zum Abflug und zwei Stunden dauert es nur noch mit dem Zug bis Frankfurt.

Die Minuten vergingen, aus den Minuten wurde eine Stunde. Das Zugpersonal konnte keine Auskunft geben. Fast zwei Stunden in Neudietendorf. Ich telefonierte vorsichtshalber mit dem Reisebüro, welches umgehend die Fluggesellschaft auf dem Flughafen kontaktierte. Endlich bewegte sich was, die Ersatzlok war da und wir fuhren im Schneckentempo gen Frankfurt. Egal, nur nicht stehen. Bahnhof Fulda (der wird ewig in meiner Erinnerung bleiben) – wir hatten nur noch reichlich eine Stunde bis zum Abflug und das

Schalterpersonal war bereit, uns bis 15 Minuten vor Abflug den Check in zu ermöglichen. Der Zug stoppte, fünf Minuten, 15 Minuten – ich erkundigte mich beim Schaffner – Personalwechsel und die neue Mannschaft kommt erst noch mit einem anderen Zug. Ich überlegte, ob er mich jetzt veralbert und wusste nicht, ob ich lachen, weinen, schreien sollte. Meine Gedanken möchte ich aus Respekt nicht aufschreiben. Letztendlich waren wir 40 Minuten vor Abflug auf dem Hauptbahnhof. Taaaaaaaaaaaxi – und der Taxifahrer gab alles. Ein super Typ!

Zwischenzeitlich spürte ich, wie eine Träne sich den Weg über meine Wange suchte. Das war der Moment, als ich realisierte, wir schaffen den Flieger nicht. Am Flughafen angekommen tobten wir mit unserem ganzen Gepäck (für drei Wochen!) zum Schalter der Fluggesellschaft. Geschlossen – wir waren fünf Minuten zu spät. Ich war so unendlich traurig, musste einige Male durchatmen, aber meine positive Grundeinstellung verbot es mir, aufzugeben.

Nachdem eine „freundliche" Dame an einem Infoschalter endlich Zeit für uns hatte, teilte sie uns mit, dass wir in drei Tagen regulär nach Bangkok fliegen könnten für jeweils 300 EUR pro Person Aufpreis. Ich war kurz davor, über ihren Tresen zu springen. Hatte ich schon erwähnt, dass Hochsprung meine Paradedisziplin in der Schule war? Ich sagte: „Nein, ich werde jetzt hier nicht drei Tag in Frankfurt umher lungern. Es muss eine andere Lösung geben." und steuerte wieder den ursprünglichen Schalter der Fluggesellschaft in der Empfangshalle an. Nach ca. einer unendlichen Stunde erschient ein Mitarbeiter, ich sprang sofort auf ihn zu und erläuterte unsere Lage. Er meinte, mit dem Spätflug werden sogenannte Stand by-Tickets vergeben. Das bedeutet: wir checken das Gepäck ganz normal ein, ohne Sitzplätze oder eine Garantie der Mitnahme. Er notierte die Namen. Ein kleiner Lichtblick am November-Horizont.

Inzwischen war es 21 Uhr, seit Stunden befanden wir uns auf dem Flughafen. Unser Gepäck wurde eingecheckt und es begann das Warten. Zuerst durften die Passagiere in den Flieger, die diesen ganz offiziell gebucht hatten. In der Regel sind dann noch mindestens zehn Plätze für „Notfälle wie uns" verfügbar. Aber es saßen mehr als zehn Stand by-Hoffende da. Ich ließ das Bodenpersonal nicht aus den Augen. Plötzlich ein Wink mit dem Kopf, wir waren dabei. Scheinbar hab ich so traurige große Augen gemacht ... Egal, nun war ich einfach überglücklich.

Ein ruhiger Flug nach Bangkok. Uns war beim Start in Frankfurt bereits bewusst, dass der Weiterflug nach Bali ebenso weg war. Landung und bereits in der zollfreien Zone warteten Vertreter verschiedener Urlaubsanbieter. So auch ein für uns zuständiger Vertreter. Nichts wie hin, er hatte schon erste Infos. Der freundliche und zuvorkommende Herr des Urlaubsanbieters nahm uns sprichwörtlich an die Hand und organisierte unsere Flüge für den kommenden Morgen. Zuzahlung pro Person 100 EUR, das konnte ich verschmerzen. Ein Ziel vor Augen!

So hieß es also „One night in Bangkok". Wir setzten wir uns in einen Bus und ab ging es in die Innenstadt. Schwül, dunkel, heiß, neue Gerüche – ich war teilweise überfordert. Wir stiegen aus und stoppten ein Tuk Tuk. Der lustige Fahrer fragte ad hoc: „Sexshow" – neeeeeeein, wir verhandelten mit ihm zwei Stunden Standrundfahrt. Und es hat Spaß gemacht und war ein Erlebnis. Wir waren an Orten, an denen wir gefühlt die einzigen Europäer waren und stets freundlich und zuvorkommend begrüßt wurden.

Zum Flughafen zurück. Jetzt eine Fuss- und Nackenmassage. Ich war seelig, noch nie hatte ich so eine wohltuende Massage erlebt. Ich konnte meine Wohlfühlgeräusche kaum an mich halten.

Um uns die Zeit weiter zu vertreiben, beobachteten wir die Menschen auf dem Flughafen. Das erste Mal in meinem Leben sah ich Ladyboys – wow. Ich konnte gar nicht wegsehen, so hübsch waren die. Und die konnten sich bewegen – ohlala. Auch beobachteten wir ganz junge Frauen, die einen Suger Daddy verabschiedeten und 30 Minuten später einen anderen Suger Daddy begrüßten. Für mich: REIZÜBERFLUTUNG!

Wenige Stunden später - Bali – Traumurlaub.
Übrigens erhielten wir von der Bahn je Person einen Verzehrgutschein über fünf EUR. Nein, ich werde meine Gedanken dazu wieder nicht öffentlich machen!

Musikalische Früherziehung

Als Kind bekommt man von den Eltern schmackhaft gemacht, ein Instrument zu erlernen oder in einen Sportverein einzutreten. Oftmals spielen die Wünsche der Eltern eine große Rolle, wobei ich nie zu irgendwas gezwungen wurde. Ich habe mich als Kind für beides entschieden.

Mein Vati war sehr musikalisch. Er spielte Trompete (nach Gehör) und konnte wirklich gut singen.

Als Mädchen äußerte ich den Berufswunsch Unterstufenlehrerin (heute: Grundschullehrerin). Dazu war es erforderlich, ein Instrument zu erlernen. Alle wollten Gitarre, also habe ich mich für Akkordeon (Handzuginstrument) entschieden.

Meine Eltern „organisierten" unter großen Anstrengungen zu DDR-Zeiten ein Kinderakkordeon und einen Notenständer. Das Akkordeon war trotzdem noch so groß, dass ich fast nicht darüber schauen konnte.

Und Musikunterricht gab ein Kumpel von meinem Vati immer mittwochs in einer kleinen Stadt ca. 10 Kilometer von uns entfernt. Mein Vati spielte bei Wind und Wetter den Chauffeur.

Zuerst bestand die Herausforderung, Noten lesen zu lernen. Diese kleinen Kugeln mit den Fähnchen dran, die auf Seilen balancieren – so habe ich das zumindest als Kind interpretiert. Dazu kamen die Tonleitern in Dur und Moll.

Auf der Stuhlkante aufrecht sitzend werden durch Zug oder Druck auf den Balg Töne erzeugt. Schwierig gestaltete sich die Grifftechnik der linken Hand. Hier spielen Ring- und Mittelfinger eine große Rolle. Da stellte ich mich wirklich ziemlich kompliziert an, meine Finger führten ein Eigenleben.

Und dann ging es an die ersten Musikstücke. „Lustig ist das Zigeunerleben" – an dieses Lied werde ich mich immer erinnern. Da blühte mein Vati so richtig auf. Leichte Tangomelodien und deutsche Volkslieder. Das war mein Repertoire.

Irgendwann war es soweit, dass aus dem Kinderakkordeon ein richtiges werden musste. Meine Eltern gaben alles und das stand es nun in wunderschönem schwarzen Klavierlack. Ich war so happy.

Eins gebe ich zu. Jeden Tag mindestens eine Stunde üben war nicht einfach und ich musste mich sehr oft zwingen. Meine Eltern haben keinen Druck gemacht. Dafür bin ich ihnen heute noch dankbar. Aber bei meinem Berufswunsch hatte ich keine Wahl. Als ich dann im Teeniealter war (fing damals irgendwie später an), gab es schon Konflikte in der Interessenlage.

Die Tests für den Lehrerberuf standen an. Den ersten Stimmtest hatte ich nicht bestanden. Ich war leider leicht erkältet. Der zweite Versuch klappte dann sofort. Meine Schulnoten stimmten, sportlich war ich auch. … Bis ich alleine feststellte, dass ich doch lieber Abitur auf der Penne machen möchte. Unterdessen war mein Interessen für Innenarchitektur erweckt.

Beruflich ist es weder das eine noch das andere geworden. Ich habe mit Zahlen und konzeptionellen Ausarbeitungen zu tun.

Das Erlernen eines Musikinstruments hat mir nicht geschadet. Da ich nicht die große Sängerin bin, konnte ich wenigstens Melodien spielen.

Übrigens sagte meine Musiklehrerin in der 2. Klasse zu mir, wenn ich singe klingt es so, als ob ein Fön nebenher läuft. Keine gute Bemerkung für ein motiviertes und schon strebsames Kind. In den Folgejahren hatte ich immer Hemmungen, zu singen. Ich war verunsichert.

Heute sind nach vier Gläsern Wein die Hemmungen vergessen, aber ich habe schließlich eine Verantwortung meinen Mitmenschen gegenüber.

Was ist mit meinem Körper los?

Mit 10, 11, 12 war ich wie ein Junge. In der Nachbarschaft waren nur ältere Jungs, die Mädchen waren mindestens drei Jahre jünger. So bolzte ich mit, saß auf der höchsten Eiche des Dorfes, baute Buden und Hammer und Nägel waren mir nicht fremd.

Ich habe mit Absicht das Wort ‚bolzen' verwendet. Google sagt nämlich, bolzen bedeutet systemlos Fußballspielen. Kommt hin.

Mit 12 oder 13 bemerkte ich Veränderungen an meinem Körper. Meine Oberweite – Hilfe. Nein, ich will das nicht. Mein Vati war auch so freundlich und fragte: „Gibt es jetzt schon Kamelpullover, mit Huckel?" Ich sah also uneben aus. Nein, ich will diese Dinger nicht!

Um dieses Wachstum zu stoppen, stibitzte ich eine Binde bei meinen Eltern und brachte einen – heute würde man sagen – Druckverband an. Die Jungs sollten nicht mehr so blöd beim Bolzen gucken.

Irgendwann reicht aber dieser ‚Druckverband' nicht mehr aus. Der erste Büstenhalter (BH) musste her. Zu DDR-Zeiten war es gar nicht so einfach, ein vernünftiges Exemplar zu finden. Nichts mit zarter Spitze und so. Das was es zu kaufen gab, musste umgeschnallt werden. So war ich nun stolze Besitzerin eines total unsexy hautfarbenen BH ohne jegliche

Spitze. Ich denke, dieses Teil war einer Verhütungsmethode gleichzusetzen. Mädels, ihr wisst gar nicht, wie gut ihr es heute hat.

Irgendwann mit 14 wurde mir bewusst: ‚Ich bin ein Mädchen!' Das ist doch gar nicht so schlimm. Plötzlich schneiderte ich für meine Puppen Sachen, häkelte, strickte (eher mit mäßigem Erfolg). Tanzte zu den 80er Superhits in meinem Zimmer. Nahm die Jungs plötzlich mit anderen Augen wahr.

Eine Metamorphose begann und gefühlt bin ich immer noch in der Veränderung. Das ist gut so. Das Schlimmste ist, stehen zu bleiben. Heute bin ich ein typisches Mädchen, das unheimlich gerne Kleider, Röcke und High Heels trägt. Sicherlich auch meinem erlernten Beruf als Bankerin geschuldet. Ich kann eine unheimliche Prinzessin sein, aber sehr oft auch Räubertochter. Freue mich über einen funkelnden Sternenhimmel, einen bunten Regenbogen, das Glitzern des Morgentaus im Spinnennetz, ein Pusteblume, einen romantischen Sonnenuntergang. Ich bin schon solch romantische *'Schnecke'.

Ich möchte gar nicht (immer) die abgeklärte coole Businesslady sein, die starke Frau, die ewig Lächelnde, die total Ausgeglichene, die so bei sich seiende Frau. Nein, ich bin oft auch noch das Mädchen, mit Flausen im Kopf. Ich bin ab und an unsicher, schwach, etwas stur, verrückt, selbstkritisch, manchmal verkopft und ein absoluter Tollpatsch.

Aber ich Lächle eben sehr gerne, glaube an das Gute (und Einhörner), bin grundsätzlich ziemlich ausgeglichen, hilfsbereit, eine gute Zuhörerin, kann herrlich selbstironisch sein und mein Motto von Astrid Lindgren ‚Sei frech und wild und wunderbar!' ... So ganz durchschauen lasse ich mich ungern ... und ich habe ein Herz! Mit meinen ‚Dingern' bin ich übrigens heute ziemlich zufrieden. Grins!

Herzklopfen

Irgendwann als Teenie ist es soweit, ein Junge bringt dich nach Hause und verabschiedet sich an der Tür.

Auf dem Heimweg waren nur bunte Farben in meinem Kopf, Schmetterlinge im Bauch und ich konnte einfach nicht klar denken. Ich war aufgeregt, mir war übel. Als er meine Hand nahm, wollte ich zusammenbrechen, so weich wurden meine Knie.

Viel haben wir nicht geredet, ich hätte vor Aufregung nur Schwachsinn erzählt. Ihn zugetextet.

Da standen wir nur händchenhaltend vor der Hoftür. Natürlich direkt davor eine Straßenlaterne, was die Situation nicht einfacher machte. Und so standen wir und standen. Dann umarmte er mich.

Meine Gedanken:
- Kopf nach links oder rechts beugen?
- Wie weit muss ich den Mund öffnen?
- Und die Zunge, wie weit darf sie raus?
- Wie schnell oder langsam sollte sie sich bewegen?
- Hoffentlich hält sich der Speichelfluss in Grenzen.
Oh Gott, das schaffe ich niemals. Ich hatte noch nie vorher richtig geküsst und jetzt stand ich hier hilflos mit meinem absoluten Schwarm.

Ich gebe es ja zu, auf/an meinem Handrücken hatte ich das Küssen schon mal probiert. Trockenübungen!

Er löste sich und schaute mir in die Augen. Ich spürte, dass ich zitterte. Ein Küsschen. Er schaute mich wieder an. Ach, hatte er wunderschöne Augen. Dann verhakte er seine Hände hinter meinem Rücken, legte seinen Kopf von mir aus nach rechts … Also ich nach links. Blackout! Nach einem Augenblick war ich dann wieder bei Sinnen. Ich küsste das erste Mal in meinem Leben. Und es war schön, sicherlich noch nicht perfekt, aber schön.

Nach einer ganzen Weile verabschiedeten wir uns und ich sah noch, wie er losrannte und „Juchu" rief. Ich ging hinein, hochroter Kopf. Hoffentlich sind meine Eltern schon im Bett – das wäre jetzt die pure Horrorbegegnung, obwohl meine Eltern echt cool waren. Ich hatte Glück, Ruhe im Haus.

Das Einschlafen fiel mir so unendlich schwer. Es kribbelte im Bauch und irgendwie drehte sich die Welt und war so wunderschön.

Ich wünsche jedem Teenie solch ersten Kuss. Das unvergessliche Gefühlschaos davor. Es wird nie wieder einen allerersten Kuss im Leben geben.

Dieses positive Erlebnis hat mit sehr hoher Wahrscheinlichkeit dazu beigetragen, dass ich unheimlich gern küsse und mir das sehr wichtig ist. Halt eine Knutschschnute!

Musikalische Idole meiner Jugend – Die Achtziger

Die Achtziger … ein buntes, experimentelles, befreiendes Jahrzehnt. Alles wurde gefühlt leichter, gleichberechtigter, heller, lustiger, wilder.

Ich kann mich erinnern, dass ich total in Thomas Anders verliebt war. Die Anfänge von Modern Talking. Ich durfte noch nicht zur Disko, habe aber DT64 - den ultimativen Ost-Musiksender und heimlich Rias Berlin gehört. Mit meinem Kassettenrekorder KR 450 saß ich in meinem Kinderzimmer und nahm Musik auf. Bei jeden Titel die Hoffnung, dass der Radiomoderator das Lied zu Ende spielt, ohne reinzuquatschen.

Madonna, Michael Jackson, Limahl, Depeche Mode, Pet Shop Boys - es war so mega. Eine andere Welt jenseits der Grenze.

Ich hatte mich mit 14 entschlossen, meine langen Haare abzuschneiden um mit Popper-Frisur (DDR-Kaltwelle) total in zu sein. Ein rosa Haarnetz zur Schleife gebunden vervollständigte den Look. Wow, ich fand mich cool. Madonna trug schließlich auch solch Schleife im Haar.

Die ersten Diskobesuche – anfangs war das gar nichts für mich. So laut und total verraucht. Das änderte sich zum Glück, denn das Tanzen war schon immer eine Leidenschaft von mir. Am Besten 17 bis 22 Uhr oder 18 bis 23 Uhr durch –

ja das waren damals die Diskozeiten am Freitag und Samstag. Heute nicht mehr vorstellbar, da passiert nichts vor 23 Uhr.

Und dann der Tanzstil. Die Moves der Stars – ein MUSS! Zum Glück kam damals „Formel Eins" mit Peter Illmann oder Stefanie Tücking im West-Fernsehen. So konnte man sich die Tanzschritte abschauen und üben. Den Moonwalk habe ich aber nie hinbekommen.

Die Klamotten - meine Mutti, eine talentierte Hobbyschneiderin, nähte aus Bettlaken Latzhosen oder Hosen mit Trägern mit Netztaschen, Blusen mit Fledermausärmeln. Aus Unterhosen wurden Pullover, die angeraute Seite nach außen. Dazu pinkfarbene große Plaste-Creolen. Mir taten jeden Abend die Ohrläppchen weh.

Thomas Anders war irgendwann out, denn es kam der Film „Cinderella`80" mit Pierre Cosso. Es war um mich geschehen. Diese Augen – grrrrr (gut, hab ich damals noch nicht ganz so gedacht, aber heute). Seine irgendwie sanfte Art und dieses perfekte Gesicht. Ich war soooooo in Love. Einige Jungs versuchten, den Blick vergebens nachzumachen. Katastrophe!

Auch war ich großer Fan von Kylie Minogue und Jason Donovan. Ihr gemeinsames „Especially for you" – ich weiß noch genau, mit wem ich es damals tanzte.

Und so viele der genannten Idole sind schon nicht mehr unter uns. Aber die Erinnerungen an sie, an diese verrückte Zeit und ihre Musik bleiben für immer.

Ich denke sehr gerne an die Achtziger zurück. Ein Jahrzehnt mit enormen Veränderungen, ein Jahrzehnt was mich damals in der Penne menschlich wachsen lies. Ich war vorher eher ein schüchternes Mauerblümchen – meine Meinung. Die Penne hat mich geprägt, dank der echt super Mitschüler und Mitschülerinnen.

Schön, dass noch immer Kontakte bestehen, auch wenn wir in der Welt verstreut leben.

Der Gang zum Henker

… oder wie bezeichnet man den ersten Besuch bei den Schwiegereltern in spe?

Ich glaube, jeder von uns kennt dieses Gefühl. Nach einer Zeit der trauten Zweisamkeit, des Beschnupperns, des noch mehr Beschnupperns, des Feststellens, dass es passt kommt irgendwann dieser eine Tag – der Besuch der Schwiegereltern.

Meist ist man bei ihnen zu Hause eingeladen, logisch sie laden das „Opfer" in ihre Höhle ein. Ihr Zuhause – ihre Festung.

Die letzte Nacht schlecht geschlafen – Pandaaugen vom Feinsten. Na Klasse und die Haare liegen auch wie verunfallt. Ich gebe alles, wirklich alles im Bad. Normalerweise sollte ich jetzt was frühstücken, ich bekomme aber keinen Bissen vor Aufregung hinunter. Irgendwie ist mir übel. Vielleicht ein Magen-Darm-Infekt und ich sollte lieber absagen. Diesen Gedanken schiebe ich beiseite, ich komme sowieso nicht drumherum.

Also schick anziehen, der Ausschnitt und Rocklänge sind in Ordnung. Nicht, dass der Schwiegervati schwitzige Hände bekommt. Ich muss grinsen bei diesem schon frechen Gedanken. Damit will ich mich aber nur aufmuntern und motivieren. Ob ich noch ein Proseccöchen, so ein ganz kleines Schlückchen trinke? Nein, ich bin mit dem Auto unterwegs.

Ein letzter Blick in den Spiegel – nein nicht zu aufgedonnert. Ich steige ins Auto. Mist, nochmal in die Wohnung, ich habe die Blumen und den Kräuter vergessen. So, jetzt habe ich alles, die Fahrt beginnt. Oh „das Getriebe lässt grüßen", irgendwie habe ich eiskalte Hände und bin etwas, sogar etwas mehr zittrig.

Einparken und bloß ladylike aus dem Auto steigen. Die letzten Schritte zur Eingangstür fühlen sich an wie „der Gang nach Canossa".

Zum Glück öffnet mein Lieblingsmensch die Tür, ein Küsschen und eine feste (und ich finde aufmunternde) Umarmung. Dann stehen die Schwiegereltern vor mir. Mir springt gleich das Herz aus der Brust. Ich werde vorgestellt und etwas im Stimmbruch befindlich sage ich „Es freut mich, Sie kennenzulernen. Vielen Dank für die Einladung." Der Schwiegervati in spe lächelt und sagt „Hereinspaziert" und dann trifft mich der Blick der Frau, die meinen Lieblingsmenschen neun Monate ausgetragen und geboren hat. Oh ha! Innerlich fange ich an, eine Verteidigungsstrategie zu entwickeln:
- Nein, ich nehme ihn nicht weg.
- Selbstverständlich kommen wir jeden Sonntag zum Kaffee.
- Ja, ich kann kochen und backen.
- Einen festen Job habe ich auch.

- Natürlich mache ich ihn nicht so schnell zum Vati.'

Dann das Unfassbare - sie lächelt, nimmt mich in den Arm und sagt „Herzlich Willkommen!". Ich stehe wie ein aufgeschrecktes Eichhörnchen im Flur und folge dann in das Wohnzimmer. Als ich auf den hübsch gedeckten Tisch blicke bin ich erleichtert – Quarkkuchen ohne Rosinen. Zum Glück etwas, was ich kompromisslos esse.

Und was soll ich sagen, es war ein sehr herzlicher und schöner Nachmittag. Die vermeintliche „Hexe" entpuppte sich zu einer liebevollen Person, die einfach nur das Beste für ihr Kind möchte. Ich habe es überlebt!

Taschentuch-Alarm

Ein Kinobesuch, ich mag das wirklich gern. Die riesige Leinwand, der Sound – einfach genial. Also, heute mal wieder Hollywood-Feeling.

Im Kino angekommen, eine riesige Schlange. Nur zwei Kassen geöffnet bei gefühlt 200 Gästen. Neben den Tickets werden auch Popcorn, Nachos und Getränke gleich mit verkauft. Das kann ja dauern. Zum Glück beginnt die Vorstellung immer mit mindestens 15 Minuten Werbung. Endlich an der Reihe – zwei Tickets und einmal Nachos mit scharfer Soße, 37 EURO. Hä, ich wollte nicht den Stand kaufen. So ein Kinobesuch ist unterdessen auch schon purer Luxus.

Wo ist jetzt der Saal vier. Hier geht's lang. Sehr gut, die Tür ist noch offen. Wir schleichen hinein, die Werbung berieselt die Besucher. Reihe M, Sitz 12 und 13. Reihe M, Reihe M … hier. Natürlich sitzen wir in der Mitte der Reihe, so dass wir elf Menschen hoch scheuchen müssen. Mit einem soften „Entschuldigung" drängeln wir uns zu den Plätzen. Wo stelle ich jetzt die Nachos ab, ich muss schließlich die Jacke ausziehen. Etappenarbeit - einer zieht die Jacke aus, setzt sich, nimmt dem anderen alles ab, so dass der sich auch der Jacke entledigen kann. Dabei möglichst niemand anderen belästigen. Das ist schon sprichwörtlich „eine halbe Wissenschaft für sich".

Endlich sitzen wir. Der vor mit ist ganz schön groß. Es wäre auch zu schön gewesen. Die Werbung ist zu Ende, der Vorhang öffnet sich weiter und das Licht erlischt. Genau diesen Moment liebe ich. Das ist wie der Start im Flugzeug, wenn man auf der Startbahn steht und der Pilot beschleunigt. Genau mein Ding.

Wir genießen den verfilmten Bestseller. Klar, dass das Kino restlos ausverkauft ist. Wenn ich ehrlich bin, hätte ich einen anderen Hauptdarsteller erwartet. So richtig passt der nicht, aber gut. Geschmackssache. Ich muss ihn ja nicht küssen.

Zwei Stunden, in denen ich gefühlt mitspiele - lache, weine, wütend bin, meine Finger in die Armlehne kralle, die erotischen Szenen genieße. Der Soundtrack ist genial, da wird die Gefühlswelt nochmals richtig gepuscht.

Fürchterlich sind die Filme, die zum Ende hin traurig werden. Verzweifelt versuche ich, Tränen zu unterbinden. Und schon löst sich die erste und kullert die Wange hinab. Möglichst unauffällig versuche ich, sie von der Wange zu wischen. Da ist schon die zweite, die dritte. Eigentlich bräuchte ich ein Taschentuch, aber dann merken alle, dass ich heule. Also ganz leise schniefen. Jetzt brauche ich dringend ein Taschentuch, hilft nichts.

In dem Moment, in dem ich in das Taschentuch schnäuze, die Augen verquollen sind und der Tränenrinnsal auf meiner Wange ersichtlich ist, läuft der Abspann und das Licht geht langsam an. Panik macht sich bei mir breit. Jetzt sehen ALLE, dass ich geweint habe. Ich blicke mich vorsichtig um, dort wird auch geschnäuzt und vehement etwas auf dem Fußboden gesucht. Erleichterung, ich bin nicht die einzige Heulsuse, bei der der Taschentuch-Alarm ausgebrochen ist.

Wir sind Menschen und das Zeigen unserer Gefühle, Empfindungen, Gedanken ist keine Schwäche, sondern eine Stärke. Genau das macht uns so menschlich!

Ein Tipp für das Kino: bietet auch Taschentücher zum Verkauf mit an, es lohnt sich!

Im Rausch der Geschwindigkeit

Als ich meinen PKW-Führerschein machte, war ich die Jüngste in der Truppe. Ich begann meine Fahrstunden auf einem alten Moskwitsch. Mein Fahrlehrer war ziemlich beleibt und mit dem rechten Ellenbogen hing er immer aus dem Beifahrerfenster und dabei wurde Zigarre geraucht. Kein Wunder, dass er erkrankte und so ging es mit einem neuen Fahrlehrer auf einem nagelneuen 4-Takt-Wartburg weiter. In der ersten gemeinsamen Fahrstunde erwähnte er, dass er cholerisch ist und ich solle dies nicht persönlich nehmen. Na super, ich saß da mit verschüchterten 19 Jahren.

Vorab sollte ich erwähnen, dass ich ein reines Dorfkind bin. Ich komme von dort, wo die Welt in Ordnung ist – du kommst abends mit dreckigen Händen und Füssen und zerzausten Haaren nach Hause und wirst erst einmal eingeweicht. Mein Fahrradius mit meinem heißen Moped bewegte sich um die 30 Kilometer, also überschaubar und nur kleine Städte.

Heimlich übte ich mit meinem Vati Auto, nein Trabi-Fahren. In den Wald und dann durfte ich an das Lenkrad. Ich fühlte mich sooooo erwachsen. Er drangsalierte mich mit dem rückwärts einparken – rückwärts links, rückwärts rechts, immer wieder. Einmal hätte ich fast ein Bäumchen im Wachstum umgesägt.

Wie erwähnt, ich war bisher ein Dorf-Fahrer und dann ging die zweite Fahrstunde direkt nach Leipzig. Ich bin fast aus der Fahrertür gekippt, als man mir dies eröffnete. Der Fahrlehrer wollte Karten aus dem Gewandhaus abholen. Ehrlich, in der Nacht davor habe ich nicht gut geschlafen. Ein bisschen gefrühstückt und dann mit dem Moped vier Kilometer zum Treffpunkt. Ich war sehr aufgeregt. Also in den Moskwitsch und Richtung B2. Da hoppelte ich den Berg hinab an eine Kreuzung und das Auto soff ab. Peinlich! Egal, Blinker setzen und rechts auf die B2 gen Leipzig.

Ortseingangsschild Leipzig, jetzt war ich das erste Mal selbst motorisiert in der großen Stadt. Navi – Fehlanzeige, gab es damals noch nicht. Der Fahrlehrer war mein Navi. Die erste Ampel: ,Oh ha, hoffentlich lass ich die Kiste nicht wieder absaufen.` Zum Glück, es wird grün. Ein Felsbrocken löste sich von meinem Herzchen. Für die erste Großstadt-Fahrt lief es wirklich gut. Auf der Rückfahrt wurde ich sogar gelobt und ich schwebte mindestens 20 Zentimeter über der Fahrbahn.

Nach fünf Fahrstunden zu DDR-Mark kamen jetzt deutlich teurere fünf Stunden zu West-Mark. Die zehnte Fahrstunde im Wartburg, der Fahrlehrer und ich hatten einen Begleiter. Es sollte ein weiteres Fahrschulauto aus Halle/Saale abgeholt werden. Ok, ich kenne ja schon die „Millionenstadt" Leipzig, kein Problem. Also fuhr ich motiviert los. Auf der B100 nach Halle/Saale. Mein Fahrlehrer stellte mir zwischendurch Fragen, ich dachte mir nichts dabei, schließlich war ich voll konzentriert. Am Zielort angekommen sagte er - nach Blickkontakt zu unserem Begleiter: „Herzlichen Glückwunsch, du hast soeben die Fahrprüfung bestanden." Ich habe sehr verdutzt geschaut, unser Begleiter war der Prüfer. Yeah, Konfetti, Party, Tanzen ... das ging in dem Moment in meinem Kopf ab. Ein neues Auto, ein Golf II, wurde aber tatsächlich abgeholt. Auf der Rückfahrt wählte der Fahrlehrer die Autobahn A9 und er sagte: "Und jetzt zeigst du mal, was du kannst." **An diesem besagten Tag wurden das Gaspedal und ich EINS!** Ich kann gar nichts dafür, ich wurde dazu gezwungen.

Autofahren – für mich kein Problem. Mir kann man einen Zielort sagen, egal wie weit entfernt, ich setze mich ins Auto und los geht es. Keine Angst und mit dem Navi ist es heutzutage super leicht. Ich sage immer, die Zeit im Auto ist meine „Me time".

Bis ich dann irgendwann vom Job aus auf der A10 (Berliner Ring) mit einer Kollegin zum Seminar unterwegs war. Baustelle und wir quatschten. Ich fragte sie noch: „ Hast du gesehen, wie viel kmh ich hier fahren darf?" Sie: „Ich glaube 80." und in dem besagten Moment war es schon zu spät. Ein herrlicher roter Blitz. Die ersten Seminarstunden in Rahnsdorf waren gegessen.

Vor Weihnachten (!!!) erhielt ich dann den Anhörungsbogen und ziemlich schnell wurde mir klar: Das werden Punkte und Fahrverbot! Natürlich beantwortete ich den Bogen ordnungsgemäß und zwischen Weihnachten und Neujahr kam dann die Bestätigung per Einschreiben/Rückschein. Ich musste innerhalb von vier Wochen für vier Wochen meinen Führerschein zur „Kur" nach Frankfurt/Oder senden. Es war Winter und ich musste morgens auf Bus und Bahn umsteigen, um ins Büro zu kommen, abends nahm mich der Azubi mit, schließlich wollte er eine gute Beurteilung. ... Ich gebe zu, in der Zeit bin ich einmal gefahren, weil es meinem Vati nicht gut ging und ich zurück fahren sollte. Der Hintern ging mir auf Grundeis, so langsam bin ich noch nie gefahren. (Kann mir das jetzt eigentlich noch zum Verhängnis werden???) Danach habe ich geschworen, dass ich nie mehr ohne Führerschein fahre. Übrigens habe ich das Blitzerfoto heute noch.

Der Schwur, zukünftig gesitteter zu fahren, hat nicht lange vorgehalten. Dort, wo ich Gas geben darf, verführt mich das Gaspedal schon sehr. Da habe ich eindeutig einen Sprachfehler bzw. ein Entwicklungsfeld, ich kann nicht „Nein" sagen oder denken. Dabei fahre ich keine hoch motorisierten und großen Autos. Geht auch mit einem Mittelklassewagen.

Regelmäßig alle zwei Wochen bewege ich mich 800 Kilometer (Hin- und Rückfahrt) durch Deutschland. Mir kommt der Gedanke, ich bin auf den Autobahnen schon bekannt, denn jedes Mal wenn ich angeflogen komme (meine Freundin B. nennt mich Rakete), wird die linke Spur frei. Zugegebenermaßen liebe ich die Geschwindigkeit und dazu die passende Musik – Selbstläufer. Ich achte aber auf

Mindestabstand und drängle nicht. Aus dem Alter bin ich raus!

Ab und an erwischt mich ein Stau, mitgehangen – mitgefangen. Da gibt es auch schöne Erlebnisse. A10, es wird einspurig und das mit dem Einfädeln klappt ja nie. Jedenfalls absoluter Stillstand am Freitag Nachmittag. Neben mir ein Herr in einem großen Auto, dem Apfelstücke mundeten. Es klopfte an meiner Seitenscheibe und er meinte: „Möchten Sie kosten. Sie haben so hungrig rüber geschaut." Herrlich, ich schaute verdutzt und musste schmunzeln. Eigentlich haben mir meine Eltern eine Millionen mal erklärt, ich soll nichts von fremden Männern nehmen, aber ich hatte HUNGER und die zwei Apfelstückchen sahen so verlockend aus. Ich griff dankend zu.

Ein anderes Mal, Tankstelle. Ich kam von der Kasse zurück. Mir entgegen kam ein männliches Wesen, ich könnte ihn nicht beschreiben. Ich setze mich ins Auto, schnalle mich an. Plötzlich steht er an meiner Beifahrertür und signalisierte mir, ich soll bitte die Scheibe runter fahren. Ich dachte im ersten Moment, irgendwas ist mit meinem Auto. Nein, er meinte (so ungefähr): „Nicht denken, dass ich das immer mache. Du musst bestimmt glauben, ich bin doof. Aber als du mir entgegen kamst, war ich hin und weg. Dann sah ich dein Nummernschild und wusste, wenn ich jetzt nichts sage, bist du weg. Hier ist meine Nummer.". Ich saß da, mit offenem Mund und konnte nicht gleich antworten. Ich bedankte mich für das Kompliment und fuhr. Schon mutig, das muss ich zugeben.

Ihr kennt bestimmt auch dieses Katz- und Mausspiel auf der Autobahn. Man wird überholt (passiert mir selten, da ich die Schnellste bin), dann bremst man und lässt mich überholen. Ich spüre den Blick zu mir hinüber. Dann gibt man wieder Gas und überholt mich. Bremst, so dass ich wieder überholen muss … Mir wird per Lichtsignal (Blinker) signalisiert, dass ich auf den Parkplatz fahren soll. ‚Hallo, so läuft das nicht.' Dann blinkt man an einem Autobahnkreuz in die andere Richtung, sieht dass ich nicht blinke und verbleibt ebenso auf der Autobahn. Wieder das Signal – der nächste Parkplatz ist angekündigt. Nein, neihein! Das nächste Autobahnkreuz und jetzt muss man in die andere Richtung. Winkend und mit Handkuss fährt man an mir vorbei. Dieses Überhol-Katz-und-Maus-Spiel passiert häufiger, ich bin ja viel unterwegs. Mein Appell: Bitte auf die Fahrbahn schauen und nicht ablenken lassen!

Eins noch. Ich habe Kollegen, die auch was mit Geschwindigkeitskontrollen, Bußgeldbescheiden zu tun haben. Jedenfalls rief mich der Leiter dieser Abteilung explizit an, um mir mitzuteilen, dass es einen neuen Bußgeldkatalog geben wird. Ich weiß jetzt so gar nicht, weshalb er gerade mich angerufen hat.

Abschließend möchte ich bemerken, dass ich nur auf der Autobahn so ein Geschwindigkeitsjunkie bin. Meine

Mitfahrer*innen betonen immer, sie fühlen sich sicher. Und in Ortschaften halte ich mich an die vorgegebene Geschwindigkeit, insbesondere an Kindereinrichtungen. Da sind kleine Zwerge, die auf unsere Weitsicht und Vorsicht angewiesen sind.

Ich wollte schon immer mal abgeschleppt werden

Auf der A2 Richtung Berlin. Etwa 40 Kilometer nach meinem Startort macht mein Auto komische Geräusche. Fünf Kilometer weiter und ich konnte kein Gas mehr geben. Neben mir glücklicherweise eine Parkbucht. Also rollte ich hinein mit dem Gedanken, falls ein Abschleppwagen kommen muss, braucht er vor mir Platz. Tja, sogar wir Frauen können in Sachen Auto logisch denken.

Ich konnte das Auto starten, aber es nahm einfach kein Gas. Aus den Papieren kramte ich das Kärtchen der Versicherung und schwups, ich hatte eine nette helfende Stimme am anderen Ende. Die Dame fragte nach den üblichen Daten und ich erklärte ihr kurz das Problem und meinen Standort. Plötzlich meinte sie: „Ah, ich sehe, wo Sie stehen. In ca. einer Stunde kommt Hilfe.".

Natürlich regnete es, es war der 18. Januar. Ich stieg aus und holte aus dem Kofferraum das Warndreieck. Was ist denn das für ein labiles Spielzeug und schon hatte ich es beim Versuch, es auseinander zu falten, zerbrochen. Ich hatte meines Erachtens noch nicht erwähnt, dass ich nicht unbedingt die Filigrane bin. Zum Glück konnte ich es noch ordentlich deponieren.

Dann ins Auto zurück. Nach ca. 45 Minuten ein Anruf. Die Autowerkstatt, sie brauchen noch ungefähr 30 Minuten.

Komischerweise war ich total relaxt. Ich rief zu Hause an, dass man sich keine Sorgen machen muss, es wird später.

Im Rückspiegel näherte sich ein blau-silbernes Auto. Aufgrund des Regens konnte ich es nicht richtig erkennen. Es blinke in die Parkbucht. Mein Kopfkino begann: ‚Oh nein, jetzt nicht die Polizei. Die meckern bestimmt wegen dem Warndreieck'. Ich war in dem Moment schon irgendwie bedient. Werde ich mich also wieder hilflos stellen. Nein es war die Autowerkstatt, das Auto war schon nah dran an der farblichen Gestaltung der Polizeiautos.

Der junge Mann öffnete die Motorhaube und begann zu schauen. Ein zweites Werkstattauto kam, scheinbar der Spezialist. Er startete, versuchte Gas zu geben und meinte: „Das wird nichts. Wir schleppen Sie in die Werkstatt." Zugegebenermaßen wollte ich schon immer mal im Abschleppauto sitzen und mein Auto hinter mir. Aber musste es unbedingt heute sein?

So zogen wir von Dannen Richtung Werkstatt und es regnete. Man wartete schon und fragte, ob ich einen Ersatzwagen brauche. Nach einem Blick auf mein Nummernschild, hatte sich die Frage von allein beantwortet. Eine Frau kam und erkundigte sich, ob ich heute noch weit fahren muss, dabei brachte sie Kaffee. Wenn ich Hunger hätte würde man beim Chinesen bestellen. Ich bedankte mich, auch für das Chinesen-Angebot, aber der Kaffee war ausreichend.

Nach ungefähr einer Stunde packten die Werkstatt-Herren freundlicherweise meinen Koffer in den Ersatzwagen – ein kleines himmelblaues Geschoss (wie ich noch herausfinden sollte). Ich hinterließ meine Nummer, so dass sie mir am folgenden Tag sagen können, was mein Auto hat.

Also fuhr ich in dem „unauffälligen" Kleinwagen ab. Ups, wenn man das Gaspedal antippt, geht er total ab. Das machte Spaß. Und schneetauglich war der Kleine auch, denn ungefähr 200 km vor dem Ziel begann es zu schneien. Schon ein süßes Geschoss.

Am nächsten Tag dann der Anruf, mein Motor hat sich verabschiedet. Eine schlimmere Nachricht hätte man mir nicht überbringen können. Das Herz meines geliebten Autos hat aufgehört zu schlagen. Neuer Motor vs. generalüberholter Motor. Ich entschied mich für die zweite Variante. Mein Winterauto hatte schon ein paar Jährchen in seinem Autoleben auf dem „Buckel".

Lobend muss ich meine Versicherung erwähnen, die alles superschnell und gut abwickelte. Auch ein dickes DANKESCHÖN nach S-dorf in die Werkstatt. Ihr habt mein Auto sogar vom Schnee befreit und geputzt, als ich ihn endlich nach zwei Wochen abholen durfte. Und tatsächlich war ich etwas aufgeregt.

Als ich wieder auf der Autobahn war, traute ich mir nicht, Vollgas zu geben. Untypisch, aber die Musik war aus, falls es irgendwelche komischen Geräusche gibt.

Das neue Herz schlägt jetzt seit Januar 2021 in meinem Auto und alles ist prima. So eine Panne ist gar nicht so dramatisch, einfach Ruhe bewahren und sich abschleppen lassen. Diesen Wunsch habe ich jetzt auch abhaken können!

Tischlein deck dich oder ‚Was koche ich heute?`

Als Kind habe ich es geliebt, meiner Mutti beim Kochen und Backen zuzuschauen. Meinen ersten Kuchen, einen Selterskuchen (gutes altes DDR-Rezept) habe ich mit 10 Jahren gebacken. Meine Mutti besuchte an dem Tag meinen Vati bei der Kur und bekam fast einen Herzkasper, als sie nach Hause kam. Ich hatte mit dem Gasherd gebacken. Neben einer dicken Umarmung über die gelungene Überraschung (hat wirklich geschmeckt), gab es auch einen Fingerzeig.

Jetzt aber zum Thema. Ich koche gerne, Backen – ja, aber eher zweitrangig. Das dann eher nur zu Geburtstagen und natürlich die Weihnachtsplätzchen.

Das Wochenende steht an und die immer wiederkehrende Frage: ‚Was koche ich?' Hähnchen, Fisch, Fleisch, irgendwas mit Ei – meine Senfeier sind der Kracher, wirklich.

Ich hätte Lust auf Ziegenkäse mit schwarzem Pfeffer und Honig in Schinken gebraten. Dazu einen leckeren frischen Salat. Und was ist mit Samstag und Sonntag? ... Schweinelendchen mit frischen Champignons, Cordon bleu ... Der Einkaufszettel ist fertig.

Es ist Freitag, später Nachmittag und die Jagd nach den Zutaten beginnt. Mist, wo ist der Einkaufszettel? Er liegt noch artig im Büro, super. Also improvisieren. Ich schiebe meinen Einkaufswagen durch die Regalreihen.

Ach die Tomaten sehen aber gut aus. Könnte ich auch mit Mozzarella und einem selbst gemachten Pesto. ... Ach ja, ich wollte ja Ziegenkäse. Wo ist der Rucola, er ist der erste im Einkaufswagen. Dann doch Tomaten, Gurke, Frühlingszwiebeln, Zitrone, Basilikum, Paprika (nur gelb oder orange – ich habe da so eine Marotte). Kartoffeln kann ich auch mitnehmen, für den Notfall. Gut, dass die Zwiebeln gleich nebenan liegen. Hui, der Wagen ist schon ganz schön voll.

Jetzt an die Frischetheke – Ziegenkäse. Nicht der Ernst der Verkäuferin – der ist alle. Ich habe doch alles darauf abgestellt. Ich schau mal im Frischeregal. Yeah – ich bin halt ein Siegertyp, da sind noch zwei Rollen Ziegenkäse. Die Stimmung steigt wieder.

So, nun an die Fleischtheke. Ich brauche Schweinelendchen und Hähnchen für das Cordon bleu. Oh, ich muss dann nochmal zurück an das Frischeregal wegen der Cordon bleu-Füllung. Ich bin an der Reihe, zum Glück können meine Wünsch erfüllt werden. Der Rinderbraten sieht aber auch gut aus und ist im Angebot – Hysterie macht sich breit. Ach, den nehme ich auch mit, notfalls für den Tiefkühler. Die Hürde ist genommen.

Ich schiebe also weiter. Meine Freundin tippt mir auf die Schulter und eine freudige Umarmung wird von intensivem Informationsaustausch gefolgt. Natürlich blockieren wir den Durchgang mit unseren Wagen. Wir planen, wie so oft, zeitnah einen Kaffee zu trinken und mal in Ruhe zu Tratschen.

Was wollte ich jetzt eigentlich??? Ach – Frischeregal. Schlagsahne (zu DDR-Zeiten auch unter süße Sahne bekannt), Käse für die Füllung (Kochschinken habe ich ja schon von der Fleischtheke).

Hab ich eigentlich noch Paniermehl? Gute Frage, vorsichtshalber sollte ich eine Packung mitnehmen. Also nochmal durch den ganzen Laden. Check -Paniermehl ist im Wagen.

Gut, dass ich das Frischeregal wiederum kreuzen muss – Butter und Frischkäse sowie EIER!

Und jetzt zur Getränkewahl – stilles Wasser für mich und Sprudel oder Medium für ♥. Weißwein und Rotwein für das Essen - es geht doch nichts über einen guten Primitivo.

Ich gehe zur Kasse. In der Schlage fällt mir ein – Baguette. Ich rase los. 100 m Sprint, ich erreiche heute Inselrekord. Wie, kein Baguette. Hitze steigt auf, schnell wieder zu Kasse. Ich hoffe auf den Bäcker.

Nach gefühlten zwei Stunden bin ich dabei, alles auf das Band zu sortieren. Gedanklich prüfe ich, ob ich alles hab, bis auf das verdammte Baguette. Und jetzt wieder alles einpacken. Ist das kompliziert und ich möchte mir ja auch nicht den Unmut der hinter mir wartenden Schlange zuziehen.

Jetzt schnell zum Bäcker. Baguette – noch warm, eben aus dem Ofen. Ich bin selig. Glücksgefühle machen sich breit.

Flink nach Hause. Alles verstauen und einen leckeren Milchkaffee mit Hafermilch in der Sonne genießen, bevor ich die Küche mit musikalischer Begleitung in ein Schlachtfeld verwandele.

Das Wochenende kann beginnen!

Nur mal gucken

… bei dieser Aussage schlagen die Herren der Schöpfung die Hände über den Kopf zusammen, rollen mit den Augen, atmen tief ganz tief durch, überlegen wie sie sich in Sekundenschnelle betrinken können. Eine Shoppingtour mit der Holden steht an.

Wir Mädels sind clever und planen das oder den Event (laut Duden geht beides). Natürlich müssen wir den männlichen Gegenspieler anlocken und so tun, als ob wir selbstverständlich auch seine Bedürfnisse berücksichtigen. Also umgarnen wir den Abend davor. Und das können wir.

„Schatz, ich habe dein Lieblingsessen gekocht und der Primitivo steht auch schon auf dem Tisch". Er betritt das Wohnzimmer - es strahlt im Kerzenschein und aus den Boxen sanfte Musik. Den Tisch könnte ein Sterne-Restaurant nicht schöner decken. So ganz traut er dem Frieden nicht und kommt mit einem Glas Wein in die Küche. „Schatz, musst du was beichten oder hast du was vor?". Bevor ich mich jetzt umdrehe, das allersüßeste Lächeln aufsetze und ihn mit einem umwerfenden und zugleich unschuldigen Blick ansehe, grinse ich in mich hinein und bitte ihn, die duftenden Teller ins Wohnzimmer zu tragen. Auf dem Weg bemerke ich kurz, dass ich morgen mit ihm shoppen gehen möchte. Ich höre nur ein leises Brummeln: „Schon klar." Nun ist die Katze erst einmal aus dem Sack.

Beim Essen werde ich so ganz nebenbei (total unauffällig) gefragt, was denn so auf dem Einkaufszettel steht. Ich kann das genauso nebenbei und bemerke: „Ich brauche zu meinen neuen Schuhen noch die passende Handtasche und einen Gürtel. Schatz, seit langem wollten wir doch auch in das skandinavische Möbelhaus." Dann trinke ich schnell einen Schluck Wein, so kann ich ihn ansehen. Er hüstelt, ich denke ‚Oooooch, ein Krümelchen hängen geblieben?!'. Er nun möglichst emotionslos: „Aha!". Schließlich weiß er, was morgen auf ihn zukommt.

Der nächste Morgen, ich bereite mich euphorisch im Bad vor. Meine Begleitung trödelt etwas. Aber er weiß, es gibt vorher im Restaurant ein sehr leckeres Frühstück. Welche Schuhe ziehe ich bloß an – schick und bequem zugleich. Einen Halbmarathon werden wir sicherlich zu Fuß absolvieren.

Im Auto Richtung Innenstadt, ganz schön was los. Der Shoppinggott ist uns wohlwollend zugetan, denn wir haben sofort einen Parkplatz. Nachdem wirklich tollen Frühstück schlendern wir Richtung Ladenzeile. Ich genieße das schöne Wetter, bleibe an jedem Schaufenster stehen und kommentiere. Meine Begleitung erträgt das heldenhaft mit einem Lächeln. Seine Gedanken würden mich jetzt schon interessieren. Huch – ein Taschenladen. Ich tauche ich diese Zauberwelt. Was brauche ich eigentlich für eine Tasche? Eher was Kleineres oder einen Shoppingbag oder was dazwischen? Die Verkäuferin hat Verständnis – sie ist schließlich eine Frau und zeigt mir sechs verschiedene

Ausführungen. Die Auswahl beginnt. Nee, die Farbe ist nicht ganz perfekt und die ist zwar schön aber doch einen Tick zu klein. An der fehlt der Reißverschluss (ist ein must have bei mir). Ja, die ist nicht übel, wenn sie noch ein Außenfach für den Schlüssel hätte. Die Verkäuferin kramt noch zwei hervor und mich trifft der Taschenliebesblitz – da ist sie – perfekt in Farbe, Größe mit Reißverschluss und Außentasche und dazu ist das Innenleben noch in zwei Fächer unterteilt. So viel Glück kann ich nicht fassen. Ich will sie! Mit einem verträumten Lächeln verlassen wir den Laden.

Der Gürtel, ein wichtiges Accessoire. Es gestaltet sich gar nicht so einfach, ein Geschäft zu finden. Zwischendurch lasse ich mich immer wieder von den schöner Schaufensterauslagen berauschen. Ich glaube, ich muss mal wieder ein Mädels-Shopping-Tag machen. Schließlich will ich die Nerven meiner Begleitung nicht überstrapazieren. Die Paradedisziplin steht noch bevor.

Mit dem Gürtel habe ich heute irgendwie kein Glück. Einer passte farblich wirklich richtig gut, aber die Schnalle – Cowboy lässt grüßen. Dann brauche ich noch ein Pferd.

Jetzt haben wir uns einen Milchkaffee mit Hafermilch verdient. Tut das gut! Sukzessive bereite ich meine Begleitung sanft auf das skandinavische Möbelhaus vor. Wir brauchen einen neuen Esstisch mit Stühlen.

Also ab in die Möbelstadt. Ich bin gespannt, ob wir nur mit Esstisch und Stühlen oder noch mit zwei weiteren großen Taschen aus dem Geschäft kommen. Eigentlich brauchen wir keinen Krimskrams. EIGENTLICH! Gut, vielleicht Servietten und Kerzen. Nichts ist unmöglich. Wetten würde ich nicht! Abtauchen in die skandinavische Einrichtungswelt.

Plötzlich stehen gefühlt 1.000 Esstische vor uns. Holz, Glas, ... zum Ausziehen. Hm, wie viele Personen sollen eigentlich an den Tisch passen? „Schatz, was meinst du – sechs oder acht Personen?", Antwort: „Sechs reichen völlig." Er sieht mir das Veto schon an und weiß, dass ich nicht so schnell aufgebe. „Aber für acht wären wir dann safe." Also schauen wir nach einem Tisch, ausziehbar für bis zu acht Personen. Ich mag sehr die Holztöne und dazu moderne Stühle.

Einen Tisch zu finden war leichter als ich dachte. Nun widmen wir uns dem Thema Stühle. Sie sollten pflegeleicht, schick und bequem sein. Uih, wenn ich die alle teste, bin ich morgen Mittag noch hier. Eine Vorauswahl treffend gehen wir durch die Reihen.
Edelstahl mit grauem Sitz und grauer Lehne. Ist zumindest neutral, ich könnte den Tisch in den leuchtendsten Farben decken, ohne dass sich etwas „beißt". Wieso eigentlich „beißt" – was für ein schwachsinnige Redensart. Nicht ablenken lassen. 'Ja, der ist doch nicht übel.' - und schon nehme ich Platz. „Wären Armlehnen toll?", er: „Ich weiß nicht, brauchen wir die?". Ich liebe es, wenn eine Frage mit

einer Gegenfrage beantwortet wird. So entscheidungsfreudig heute. Böser Blick!

Letztendlich haben wir zwölf Stühle getestet und Nummer neun hat es in den Einkaufswagen geschafft.

Aber die große Herausforderung steht uns noch bevor – durch die „ich brauche eigentlich nichts-Regale" ohne den Einkaufswagen überquellen zu lassen. Ich gebe wirklich, wirklich mein Bestes. Zum Glück sind es nur 20 Kerzen, passende Kerzenständer und drei Packungen Servietten geworden. Ich bin soooooo verdammt STOLZ auf mich.

Glückselig ziehen wir von Dannen. Im großen und ganzen war der Tag gar nicht so stressig und ich war kompromissbereit. Die Füße tun mir trotzdem weh, dafür bin ich aber glücklich.

Jane Fonda lässt grüßen

Jedes Jahr Silvester - die Vorsätze für das neue Jahr. Immer gehört die Thematik sportliche Betätigung dazu. Das muss ich einfach intensivieren, mein Gewissen ist am Jahresanfang sehr hartnäckig.

Gesagt getan. Anfang des Jahres kaufe ich mir ein schickes Sport-Outfit, Turnschuhe und Leuchtsocken. Die Grundlage ist geschaffen.

Heute ist es soweit, ich habe ein Probetraining vereinbart. So erscheine ich pünktlich in meinem neuen stylischen Outfit im Studio. Die durchtrainierte Kirsche am Empfang begrüßt mich cool und schiebt mir einen Fragebogen über den Tresen. Aha, Fragen zu Medikamenten, zur Gesundheit, wie ich meine Fitness einschätze (soll ich ernsthaft ehrlich darauf antworten?), meine Ziele, meine Wünsche (eher Kraft oder Cardio).

Dann kommt ein Sunnyboy auf mich zu: gebräunt, strahlend weißes Lächeln, natürlich Waschbrettbauch, halb so alt wie ich und begrüßt mich herzlich. Nachdem er meinen Fragebogen studiert hat, führt er mich erst einmal durch das Studio. Dabei komme ich mir wie bei einer Fleischbeschau vor. Aus den Gesichtern und dem Grinsen kann man lesen: ‚Frischfleischalarm!'. Ich versuche so was von cool durch die Gerätereihen zu schweben.

Zuerst geht es 20 Minuten auf den Crosstrainer zum Aufwärmen. Motiviert beginne ich zu laufen. Nach fünf Minuten wäre ich bereit für die erste Sauerstoffkur. Von nebenan kommt die Frage: „Na, neu hier?". Da ich nicht reden kann, schaue ich kurz rüber und nicke mit einem gequältem Lächeln. Noch 13 Minuten, meine Beine werden schwer. Zehn Minuten geschafft, also die Hälfte weg. Das motiviert mich und irgendwie erwachen die (Über)Lebensgeister in mir. Tse, das bekomme ich doch locker hin.

Das Absteigen vom Crosstrainer war sicherlich nicht elegant. Ich bin froh, dass ich auf meinen beiden Beinen stehe. Nun geht es an die Geräte. Beinpresse innen und außen – leg nur ordentlich Kilos auf. Dann mein erster Versuch – es bewegt sich fast nichts. Vielleicht doch ein bisschen weniger Kilos. Und von nebenan „gut gemeinte" Ratschläge von einem Hulk.

Dann sind noch Arme, Brust, Po und natürlich der Bauch dran. Bei dem einem Gerät weiß ich gar nicht, wie ich „aufsitzen" soll. Das ist die reinste Wissenschaft unter leichten Verbiegungen.

Zumindest versuche ich zuzuhören, was Mr. Sunnyboy zu erzählen hat. Gerade sitzen, die Übungen langsam – nicht ruckartig ausführen, atmen nicht vergessen und jeweils drei Durchgänge mit mindestens 20 Wiederholungen. Einen Durchgang habe ich absolviert und spüre das Brennen im

Bauch, in den Armen und Beinen. Entsetzt frage ich mich: noch zwei Durchgänge? Danach muss man mich zum Auto tragen, sofern ich das alles überlebe.

Hochrot im Gesicht sehe ich, wie eine junge „Jane Fonda" im sexy Outfit erscheint und natürlich jeden kennt. Locker legt sie an den Geräten los, gut mit 20 ist das alles auch noch leichter. Komm erst einmal in mein Alter!!!

Aber ich sollte mich auf meine Übungen konzentrieren. Diese Rundum-Verspiegelung mag ich gar nicht. Ich komme mir total beobachtet vor und außerdem sieht man jeden kleinen Fehler bei der Ausübung.

Beim dritten Durchgang „plausche" ich mit netten Leuten neben mir. Die sind wohl auch erst recht neu hier. Sie erzählen, dass „Jane Fonda" die Tochter des Studiobesitzers und zwar gut trainiert aber sonst nicht die hellste Barbie in der Spielzeugkiste ist. Ich muss schmunzeln. Tja, alles kann eben nicht beisammen sein. Ich bin aber auch garstig heute.

Zum Abschluss geht es noch zehn Minuten auf das Rad. Ich bin kurz davor, vor Schwäche vom Rad zu fallen.

Nach knapp zwei Stunden habe ich es geschafft. Mein Körper zittert, ich habe Durst und bekomme heute zur Belohnung sogar einen Eiweißshake geschenkt. Schon klar, Anlockmethode! Er ist aber wirklich lecker und tut gut. Trotzdem möchte ich mich einfach nur hinlegen und darum bitten, mich liegen zu lassen.

Ich schleppe mich in die Umkleide, die Dusche tut meinem geschundenen Körper so was von gut. So eine Anziehhilfe wäre jetzt nicht schlecht.

Am Tresen wartet schon der Probetrainer mit seinem strahlend weißem Lächeln und fragt, ob alles gut ist und wie es mir gefallen hat. Ja, ich breche zwar gleich zusammen, aber irgendwie fühle ich mich gut. Mein Gesicht ist nach wie vor dunkelrot. Wir verabreden uns für die kommende Woche und dann kann ich entscheiden, ob ich Mitglied werden möchte oder nur eine 10er Karte erwerbe. Mit einem freundlichen aber gequältem Lächeln verabschiede ich mich. Mein Auto könnte mir jetzt ruhig entgegen kommen. Ich steige ein und ein tiefer Geschafft-Seufzer entfährt mir.

Zu Hause angekommen habe ich Durst wie eine Bergziege und will einfach nur liegen. Ich schlafe irgendwann geschafft aber glücklich ein.

Am nächsten Morgen. So gut habe ich schon lange nicht mehr geschlafen. Als ich aber meinen Körper schwungvoll aus dem Bett befördern will, spüre ich den Schmerz. Muskelkater – überall, an Stellen – ich wusste gar nicht, dass man da Muskelkater haben kann. Ganz langsam erhebe ich mich. Oh, oh ... die Treppenstufen, eine Qual. Dann setzte ich mich auf den Bürostuhl und zucke kurz hoch. Mein Po ...

Nach fünf weiteren Besuchen im Fitnessstudio habe ich mich langsam an die Quälerei gewöhnt, es macht sogar Spaß. Übrigens kenne ich jetzt auch jeden im Studio. Ha!

WhatsApp – Das Universum lässt sich leichter erklären!

Der Schriftverkehr per WhatsApp ist spannend und kann zu Glück und/oder Unheil führen. Der Interpretationsspielraum ist unendlich groß. So eine WhatsApp-Nachricht – eine ganz heikle Kiste. Frauen und Männer sind sehr unterschiedlich, auch in dieser Beziehung.

Ich zitiere Jeannette Mayer (InStyle), die einen wirklich interessanten als auch lustigen Artikel geschrieben hat: „Es macht uns schier rasend! Wir schreiben ihm eine WhatsApp-Nachricht nach der anderen und alles, was wir bekommen sind zwei blaue Häkchen. - das war`s! So nach dem Motto : „Registriert, danke." Aber keine Panik, Mädels! Ein US-Kommunikationsforscher hat jetzt herausgefunden, dass dieses WhatsApp-Verhalten von Männern einen ganz einfachen und banalen Grund hat. ... Während Frauen kommunizieren, um so mehr Intimität zu schaffen, dient Männern die Kommunikation einzig und allein der Informationsbeschaffung. Haben sie ihre Information bekommen, gibt es in ihren Augen auch nichts mehr zu sagen. ..."

Aber wie ist es im realen Leben? Grundsätzlich beginnt der ganze Schlamassel schon bei diesem Katz- und Maus-Spiel: ‚Wenn du nicht schreibst, schreibe ich auch nicht.', denn ‚Willst du gelten, mach dich selten!' - was für ein Schwachsinn. Anfangs habe ich da auch noch mitgespielt.

Unterdessen bin ich – zumindest in dieser Hinsicht – erwachsen geworden.

Im Netz kursiert ein lustiger Spruch: „Frauendenken: Wenn er nicht schreibt, schreibe ich auch nicht. Männerdenken: Wenn sie nicht schreibt, dann schreibe ich eben einer anderen." Lassen wir ihn einfach mal so stehen.

Und es geht weiter. Erhalten wir eine Nachricht, dann sind wir Frauen sehr speziell und achten penibel darauf, was man uns schreibt. Und welche Emojis verwendet werden. Liebe Männer, wir Frauen nehmen jede Nachricht so was von a u s e i n a n d e r und interpretieren. Im Grunde genommen wird nach unserer Analyse eine total neue Nachricht daraus und das - je nach Gemütszustand - in positiver oder negativer Richtung. Wir Mädels mutieren zu Hobby-Psychologinnen. So wird aus einem ganz normalen „Ok", was eigentlich ja heißt: „alles in Ordnung, in habe nur keine Zeit" plötzlich „er ist abweisend oder er interessiert sich nicht."

Ich habe das Talent (ob gut oder nicht sei jetzt dahin gestellt) mich dem Schreiben meiner „Brieffreundschaft" anzupassen. Die Reaktionen sind interessant, sie reichen von Unverständnis, zickig sein, darüber lachen bis zur Besorgnis, ob alles in Ordnung bei mir ist. Das sogenannte ‚Spiegel vorhalten und zum Nachdenken anregen'.

Interessant wird es, wenn es zum „WhatsApp-Dreier" kommt. Man schickt seiner besten Freundin einen Screenshot einer Nachricht, um ihre Meinung zu erfahren. Die Freundin wird zur Jury erkoren. Und wehe, sie gibt das falsche Votum. DRAMA! Und so lesen wir im Grunde genommen nicht nur mit, sind also mitten in der virtuellen Liaison, sondern sind oft auch Souffleuse und diktieren die Antworten.

Für uns Mädels: Nicht jede Nachricht interpretieren, analysieren, … einfach mal loslassen und vertrauen.
Für die Herren: Eure Herzdamen freuen sich über mehr als zwei Worte oder drei Emojis. Ihr erzeugt damit ein Lächeln. Letztendlich zählt: „Happy wife, happy life".

Es ist manchmal wirklich so einfach. In dem Sinne, auf zum Texten!

Sprich mich bloß nicht an

Frauen tragen die Last der Regel, auch Periode, Menstruation oder umgangssprachlich Tage genannt. Nach wie vor ein sensibles und heikles Thema in unserer Gesellschaft, obwohl von Natur aus vorbestimmt.

Wenn man die Werbung in den Medien verfolgt, könnte man(n) glauben, wir Frauen wünschen uns nichts sehnlicher, als ständig unsere Regel zu haben. So toll sind die Einlagen, Binden, Tampons – weich, saugstark. So zart, du merkst den Fremdkörper gar nicht. Papalapapp, es sind definitiv nicht unsere Wohlfühlmomente.

In den Tagen vor der Regel schleicht sich hinterhältig und heimtückisch PMS an. PMS ist das prämenstruelle Syndrom, die nervigen Tage vor den Tagen! Dieses Anschleichen geht oft einher mit körperlichen Beschwerden wie Kopfschmerzen, Schlafstörungen, Spannungsgefühl in der Brust, Kreislaufprobleme, unreine Haut, Heißhungerattacken, Gewichtszunahme, Verdauungsstörungen und Unterleibsschmerzen. Darüber hinaus gibt es psychische Symptome wie Konzentrationsschwäche, Lethargie, Lustlosigkeit, Erschöpfung, Reizbarkeit, Überempfindlichkeit und Stimmungsschwankungen.

Wir Frauen mutieren dann schon mal zum Drachen und können nichts dafür!

Es gibt kein richtiges Alter für die erste Regel. Die Eltern fürchten sich von diesem Augenblick, wenn das kleine Mädchen plötzlich zur Frau wird. Und wir Mädchen finden es nicht prickelnd, möchten es am liebsten verbergen. Was allerdings schwierig ist.

Der typische Menstruationszyklus beträgt 28 Tage. Hierbei rechnet man vom ersten Tag der Regel bis zum nächsten ersten Tag. Für durchschnittlich fünf bis sieben Tage werden wir „beglückt".

Man kann fast den Wecker danach stellen, denn die Regel tritt so konstant auf. Jedoch gibt es viele Frauen/Mädchen, die nicht dieses Glück haben. Also man ist stets mit „Verbandsmaterial" ausgestattet unterwegs. Und immer besteht die Gefahr, dass es los geht und man es erst zu spät bemerkt.

Ich kann mich erinnern, ich war schon fast 15 als es bei mir los ging. Ich schlich zu meiner Mutti, um zu beichten. Ja, so fühlt man sich irgendwie, als ob es etwas total schlimmes ist. Dabei ist es ganz natürlich. Und damals waren die Einlagen nicht so komfortabel wie heute, man nannte sie auch liebevoll „Suftbrett". Nichts mit weich und kuschelig. Zum Glück ging die Entwicklung schnell voran. Und dann das erste Mal Sport mit der Regel. Man hatte immer Angst, dass die anderen etwas merken oder etwas verrutscht. Schamgefühle! Aber irgendwann gehört es dann zum Leben, wie bei den Jungs die „feuchten Träume".

Aber die PMS-Tage sind schon besonders. Der Busen schwillt an und ist sehr empfindlich. Was habe ich so manches Mal meinen BH verflucht, weil es einfach weh tat. Der Bauch bläht auf, ist hart wie Stein und eiskalt.

Und dazu diese emotionale Überempfindlichkeit. Ich wollte es nie glauben, doch ich habe mich selbst beobachtet. Erschrocken habe ich festgestellt, dass ich mich in den Tagen davor oft selbst nicht leiden kann. Nach außen fast ganz normal, aber innerlich ist ein Sturmtief im Anzug. Ein falsches Wort oder eine Unachtsamkeit und ich war schon etwas „sensibel". Man bewertet Situationen, gesagte und nicht gesagte Worte über, man interpretiert besonders kritisch „fantasievoll", Mini-Fliegen werden zum Mammut und ich möchte mit mir in dieser Phase nicht diskutieren oder streiten müssen. Kurz gesagt: man ist einfach nicht man selbst. Der Exorzist ist ein Lehrling dagegen.

Da tun mir die Herren der Schöpfung manches Mal schon leid, denn sie wissen gar nicht wie und was ihnen geschieht, wenn sie unsere zickige PMS-Phase erwischen. Aber meine Herren, vielleicht können Sie die Situation jetzt besser einschätzen und ihre Herzdamen dann einfach in den Arm nehmen und liebevoll streicheln, sie kann nämlich wirklich, tatsächlich nichts dafür.

Und man stellt sich auf das Eintreffen der Regel ein: dunkle Kleidung ist oftmals angesagt, ganz der Stimmung angepasst. Außerdem günstig, falls doch mal etwas schief läuft.

Wenn man frisch verliebt ist und die wilde Zeit genießt kommt irgendwann der Moment, wo wir Frauen komisch herum drucksen, um den heißen Brei reden, ... Dann ist es so, dass wir das erste Mal in der Beziehungsphase unsere Regel bekommen und einfach nicht wissen, wie wir es dem Liebsten sagen sollen. Plötzlich geht man im Restaurant mit Handtasche auf die Toilette, trägt im Bett Nachtzeug und einen Slip (möglichst in schwarz). Und die Jungs gehen wirklich einfühlsam und lieb damit um. Sie sind ja schließlich nicht auf das Köpfchen gefallen und merken irgendwann was los ist. Meine Erfahrung.

Liebe Herren, wir sind nur fünf Tage im Monat ein Drachen (entspricht ca. 16,7 % des Monats). Die restlichen Tage sind wir nach wie vor der liebevolle Engel, in den ihr euch verliebt habt. Vielleicht versteht ihr unser Verhalten, unsere Zurückhaltung, unsere Launen jetzt ein bisschen besser – es ist naturgemacht. Wir lieben euch doch trotzdem!

Das perfekte Selfie

Es ist schon eine wirklich komplizierte und tiefgreifende Wissenschaft – DAS perfekte Selfie. Bei der Jugend von heute habe ich das Gefühl, das Selfietalent ist angeboren. Wir, die Generation ,reiferer Wein' (hab ich das jetzt nicht schön formuliert), tun uns dann doch etwas schwerer.

Selbstverständlich soll das Ergebnis wie ein ganz spontaner Schnappschuss aussehen. GANZ SPONTAN! Aber letztendlich wird nichts dem Zufall überlassen.

Grundvoraussetzungen sind ein schönes Make up und toll liegende Haare. Apropos Haare - lieber offen, geglättet oder lockig, Pferdeschwanz oder Dutt? Da geht die Misere schon los.

Dann brauche ich ein Outfit, was meinen Teint unterstützt und dessen Farbe meine Augen unterstreicht und sie strahlen lässt. In meinem ganz persönlichen Fall sind das die Farben petrol, türkis, pink, lila.

Die Location bzw. die Umgebung ist unheimlich wichtig. Im Freien wirkt so ein Selfie viel natürlicher. Wichtig ist der Stand der Sonne, das Licht allgemein – das entscheidet über Leben oder Tod, Jungbrunnen oder Mumie.

Sind diese Voraussetzungen alle geschaffen, beginnt der eigentliche Kampf. Zuerst muss ich meine heutige

Schokoladenseite festlegen, dies bedingt die ersten Testfotos. Hysterisches ‚Hilfe' – das Licht geht gar nicht. Also langsam im Kreis drehen um festzustellen, wo das Licht meinem Gesicht schmeichelt. Stopp, stopp, stohopp! Perfekt!

So, halte ich das Handy nun mit der rechten oder linken Hand. Weitere 5 Testaufnahmen sind nötig. Ergebnis: die rechte Hand übernimmt die Regie. Welchen Winkel wähle ich? Eher etwas von oben oder dann doch parallel? Schwups, weitere 10 Testbilder. Ich finde, ein leichter Winkel von oben ist wirklich gut.

Ich fasse zusammen: Make up, Haare, Outfit, Location, Licht, Regiehand, Winkel sind klar.

Und dann eine bösartige Windböe. Die Haare! Nur das Handy beiseite legen, bloß nicht die Belichtung, also den Stand zur Sonne ändern.

Haare gerichtet. Sollte ich nicht doch nochmals einen Schnappschuss mit der linken Hand wagen? Eigentlich auch nicht übel. Jetzt muss ich mir erst einmal die ganzen Testbilder der rechten Hand ansehen. Überraschung, die Wahl fällt dann doch auf die rechte Hand.

Lichteinfall – Check, Winkel – Check. Ernsthaft, weich, verführerisch, witzig oder normal schauen? Lächeln? Aber dann sieht man die „kleinen Lachfalten" mehr, dafür strahlen die Augen. Wichtig: nur keine Fischschnute. Nach mindestens 20 weiteren Testfotos entscheide ich mich für ein leichtes Lächeln. Meine Augen strahlen, die „kleinen Lachfalten" fallen nicht so auf und mein Grübchen auf der rechten Wange ist schon charmant.

Und genau in dieser Minute schiebt sich eine Wolke vor die Sonne. In mir tobt ein Orkan. Einatmen, ausatmen - ja, ja, die Sonne kommt wieder. Also: leicht lächeln, l e i c h t lächeln! Ok, sieht gut aus und Schuss. Und dieses ganze Procedere geht ungefähr 10 Minuten mit dem Ergebnis, dass ich zwei Fotos wirklich mag. Der Rest geht gar nicht. Haare in der Windböe, meine Augen schauen nicht direkt in die Kamera, hier schaue ich zu ernst. Oh, auf diesem Foto scheint es, als habe ich einen leichten Silberblick?

Zumindest sind vier Fotos von den 74 Fotos brauchbar. Gut, 50 davon waren nur reine Testfotos.

Erkenntnis: Ein SPONTANES Selfie ist doch total easy!

Vom Übermut geküsst

Sehe ich die Aufnahmen von Fallschirmspringern in den Medien und welche Sprungchoreografien sie erschaffen – Gänsehaut pur. Ich liebe diesen Nervenkitzel, zumindest den des Zusehens.

Wie muss es sein, aus 2.000, 3.000 oder 5.000 Metern Höhe die bunte Welt unter sich zu sehen? Der freie Fall – was geht in einem vor? Schwerelos sein, nur für einen kurzen Wimpernschlag.

Ich wollte es UNBEDINGT wissen und diese Gefühlswelt beim Springen selbst erleben. Eine ehemalige Arbeitskollegin hatte diese Erfahrung bereits gemacht und so schrieb ich ihr eine Nachricht. Schnell hatte ich eine Antwort – voller Begeisterung und Schwärmen und mit den Kontaktdaten. Hier auf der Insel haben wir einen kleinen Flugplatz, auf dem auch regelmäßig die springenden Helden der Lüfte ihre bunten Fallschirme aufspannen.

Wikipedia sagt: „ Ein Fallschirm ist ein technisches Gerät, das dazu dient, eine Person oder einen Gegenstand aus großer Höhe unversehrt auf den Boden zu bringen." Wie kann man nur solch Wunder-Erfindung so emotionslos beschreiben? Aber gut, grundsätzlich ist die Beschreibung erst einmal beruhigend, es steht „unversehrt".

Nach einem oder zwei Eierlikör war ich mutig und habe eine WhatsApp-Nachricht geschrieben. Es dauerte nicht lange und ich hatte eine Antwort und einen Termin. Einen Tag später telefonierten der Organisator und ich. So erhielt ich die Info, normal zu frühstücken, eventuell nur keinen Orangensaft wegen der Säure. Ansonsten sollte ich in bequemen Sachen und Turnschuhen erscheinen. Klar, das kleine Schwarze und High Heels wären vielleicht, eventuell, möglicherweise nicht ganz so passend. Grins!

Meine Mutprobe sollte an einem Samstag stattfinden. Zwei oder drei Tage vorher war klar, dass das Wetter mitspielt und ich pünktlich auf dem Flugplatz erscheinen soll.

Erstaunlich, wie schnell es Samstag wurde. Ich muss zugeben, ich war relativ früh wach. Das Frühstück – eine belegte Stulle und Kaffee – führte ein Zwiegespräch mit mir. Ich hatte einfach keinen Appetit. Die Stulle schaute mich hübsch belegt an – na gut, ich beiße nochmals ab.

So, ab ins Auto, ca. 20 Minuten Fahrzeit lagen vor mir. Aufgrund des guten Wetters waren am Himmel einige kleine Maschinen unterwegs. Zugegebenermaßen liebe ich das Fliegen, egal ob in der Cessna oder im A380.

Da stand ich nur auf dem Parkplatz und fragte mich, ob ich das wirklich will. ‚Natürlich, also bitte liebe innere Stimme, ich habe mich angemeldet und ziehe das jetzt durch!' Also ging ich in das Flugplatzgebäude und wurde freundlich zu einem Hangar geschickt.

Dort saßen zwei Frauen und ein Mann. Eine der Frauen nahm mich in Empfang und erklärte mir kurz, was vorher alles zu erledigen ist. Mir schoss plötzlich der Gedanke durch den Kopf, dass ich mein Testament noch gar nicht verfasst habe. Ich glaube, man konnte meine Gedanken erahnen, denn die Frau tätschelte meine Hand und meinte: „Es wird alles gut. Noch ca. 25 Minuten, da die Maschine eben erst gestartet ist.". Also erhielt ich Belehrungen, die zu unterzeichnen waren – hab ich jetzt eigentlich zugehört? Was soll`s. Ich erwähnte meine Höhenangst und die andere Frau meinte, ihr geht es auch so, sie springt aber schon 20 Jahre. Es ist ein anderes Gefühl, da ich keinen konkreten Bezugspunkt habe. Aha, dann glaube ich das mal. Der Mann sprach in ein Funkgerät, die Jungs sind eben aus dem Flieger gesprungen. Es dauerte eine gefühlte Ewigkeit, bis ich einen kleinen schwarzen Punkt am Himmel entdeckte. Der Fallschirm ging auf und bewegte sich langsam Richtung Landepunkt.

Das hieß jetzt für mich, die Zeit wird knapp. Mein vermeintlicher Tandempartner ging an mir vorbei und bemerkte, ich soll nicht so zappeln. Ich dachte, was für ein „cooler" Klugscheißer. Er begann, seinen Fallschirm zu packen. Also das Gerät, was mich laut Wikipedia unversehrt auf die Erde zurückbringen soll. Und wie es im Leben so ist, rutscht mir - bevor ich überhaupt nachdenken konnte „Aber ordentlich packen!" raus. Er grinste, weil er wusste, dass ich meine Aufregung überspielen wollte.

Ich bekam einen schicken „Top Gun-Anzug" und erhielt die Einweisung, wie ich mich beim Absprung aus dem Flieger, beim Ziehen des Fallschirms und beim Landen zu verhalten habe. Wie soll ich mir das bitte alles merken? Mein Tandempartner fragte, ob ich alles verstanden habe und ich nickte, das Nicken konnte ich nicht beeinflussen. Kontrollverlust!

Dann kam ein junger Bengel mit Kanister, lief zum Flieger und ich wieder vorlaut: „Wer bist du denn?" Seine wirklich herrliche Antwort: „Ich bin hier nur der Hausmeister." In Gedanken stellte ich die Frage: ‚Und weshalb ziehst du dann den Ölmessstab und hantierst mit dem Kanister am Flieger rum?'. Mein Gedankengang wurde unterbrochen, da mich mein Tandempartner bat, in den Flieger zu steigen. Neben uns war noch ein Springer dabei, der meinen Sprung filmen sollte. Da saßen wir nun alle drei auf dem Boden, denn Sitzplätze gibt es in solcher Maschine nur für den Piloten. Apropos Pilot – der vermeintliche Hausmeister nahm Platz und stellte sich als Pilot vor. Ich wäre am Liebsten im Boden versunken.

Ab auf die Startbahn, ich wurde gewarnt, dass die ersten Meter Flughöhe etwas turbulenter werden. Neben mir bewegte sich ein am Hals aufgehängter Fallschirmspringer-Bär. Echter Galgenhumor. … Und so stiegen wir ca. 25

Minuten kreisförmig in die Höhe. Ganz klares Wetter, eine unglaubliche Sicht – ich habe diese Minuten sehr genossen.

Mein Fallschirmpartner schaute auf seine Armbanduhr, die in Wirklichkeit ein Höhenmesser war und winkte mich zu sich. Ich durfte nun auf seinem Schoß Platz nehmen und er „kettete" mich an sich. Dann meinte er, dass wir gleich die Seitentür öffnen und erst der Filmer über mich klettert und springt. Danach soll ich meine Beine aus dem Flieger heben und … Ich war irgendwie gedanklich ganz wo anders.

Als die Tür direkt neben mir dann tatsächlich aufging bewegte ich meinen Oberkörper reflexartig in die andere Richtung und es kam der Blitzgedanke: ‚Bist du bescheuert? Was machst du hier eigentlich?' Freiwillig aus dem Flieger springen. … Schluss jetzt, es wird kein Rückzieher gemacht.'. Brille und Lederkappe auf, Beine aus dem Flieger, eine Frage ob alles ok ist und dann verspürte ich einen Schubs.

Ich fliiiiiiiiiiiiege … ein Juchzen, Jubeln … Was für ein Glücksgefühl. Überwältigt – ich kann den Moment des „freien Falls" nicht beschreiben. Nach gefühlten 10 bis 15 Sekunden das Signal, dass der Fallschirm gezogen wird. Vor diesem Moment hatte ich im Vorfeld Angst, da es immer so aussieht, als ob man abrupt extrem in die Höhe katapultiert wird. Ich habe nichts gemerkt! Und da hingen wir beide nun am Schirm, konnten uns problemlos unterhalten und ich genoss den Blick auf die bunte Welt unter mir. Ein wirklich erhebendes Gefühl.

Die Landung war nur noch Formsache – Bestnoten und meine ersten Worte: „Es war so geil. Ich will nochmal."

So viele Glückshormone, so viel Adrenalin … irre. Ich wurde auch darauf hingewiesen, nicht gleich in das Auto zu steigen, da ich mit 150 kmh über die Insel fegen würde aufgrund des Adrenalinschubs. Der Filmmitschnitt einfach großartig. Danke!

Ich hab es gemacht, ich hab nicht gekniffen und wurde so was von belohnt. Ein zweiter Sprung folgte und es sind tolle Freundschaften entstanden mit dem coolen „Klugscheißer" und dem „Hausmeister."

Balsam für die Seele oder „Ich kokettiere!"

Wikipedia sagt: „Ein Kompliment ist eine wohlwollende, freundliche Äußerung: Eine Person hebt gegenüber einer anderen Person etwas hervor, was der ersteren an der anderen Person besonders gefällt bzw. positiv auffällt."

Ein freundliches Wort, ein Lächeln, ein Kompliment löst Reaktionen aus, kann Eis brechen, Situationen entschärfen, der Einstieg in eine schöne Zeit.

Komplimente machen glücklich – jeder von uns weiß es.
Google sagt, dass neben Oxytocin, das für die Bindung und Zuneigung zuständig ist, außerdem Opioide und Dopamin ausgeschüttet werden, die Glücksgefühl und Freude auslösen. Die Motivation, das Selbstwertgefühl steigen. Somit auch das Selbstvertrauen und der eigene Ehrgeiz.

Die Thematik ist komplex. Es gibt eine Reihe von Ausarbeitungen dazu.

Komplimente – ehrlich, der richtige Zeitpunkt, respektvoller Umgang, persönliche Note, richtige Wortwahl. Achtung vor Oberflächlichkeiten oder Klischees. Ein gewisses Fingerspitzengefühl gehört schon dazu.

Und wenn ich ehrlich bin, uns Frauen reicht ein „Du siehst schön aus" nicht immer aus. Wir sehnen uns nach Komplimenten, die tiefer gehen. Nur auf reine Äußerlichkeiten abzustellen empfinden wir sehr oft als oberflächlich. Das äußere Erscheinungsbild verändert sich, die innere Schönheit bleibt.

NATÜÜÜÜÜRLICH gefällt uns das Kompliment, dass wir gut aussehen. Oder „junge Frau" – und schon stehe ich persönlich viel aufrechter und lächle. Aber wir Frauen können aber auch witzig, schlagfertig, verlässlich, gut gelaunt, Zuhörer sein.

Ein wunderschönes Kompliment, wenn das Lächeln bemerkt wird, die strahlenden Augen, dass man durch die eigene Art motiviert und vielleicht hilft, andere Personen zu besseren Menschen zu machen.

Die Komplimente aller Komplimente:
- Du tust mir gut!
- Ich liebe es, Zeit mit dir zu verbringen.
- Bitte bleib bei mir.
- Ich genieße deine Nähe.
- Ich bin stolz auf dich.

Natürlich mögen die Herren der Schöpfung auch Komplimente. Oftmals ist das Selbstwertgefühl, die Coolness bei weitem nicht so groß, wie es zur Schau getragen wird.

Mit dem richtigen Kompliment verzauberst du deine Lieblingsmenschen.
Schön, dass es euch gibt! ♥♥♥

Die nächtliche Verführung

Natürlich ist es besser und wichtig, die Händler*innen in unserer unmittelbaren Nachbarschaft zu unterstützen. Nur so können wir deren Überleben sichern. Außerdem ist ein privater Plausch - und ich bin zugegebenermaßen ein Smalltalk-Profi - sehr schön. Ab und an ist dann aber doch eine Online-Bestellung notwendig.

Letztens, ich konnte nicht einschlafen. So hab ich mich auf die Couch im Wohnzimmer geschlichen und das Fernsehgerät aktiviert. Beim Durchzappen (ich möchte nicht beschreiben, was auf dem Bildschirm alles ab ging, verdattert habe ich eilig die Lautlos-Taste betätigt), bin ich dann, wie soll es anders sein, bei einem Shoppingkanal hängen geblieben.

Diese Aufbewahrungsboxen sind ja wirklich der Hammer – nehmen keine Lebensmittelfarbe und keine Gerüche an und dazu noch absolut dicht. Oh, sogar in einer meiner Lieblingsfarben. Dazu nur heute im Angebot und versandkostenfrei. Das Schnäppchen überhaupt und mein Schnäppchenherz jubelt. Also schnell das Internet am Handy aktiviert und den Bestellvorgang eingeleitet.

Während des Vorgangs werden Mikrofaserputztücher angepriesen. Unheimlich saugfähig und sie hinterlassen keine Putzschlieren. Der Hausfrauentraum schlechthin. Gut, dass es dunkel ist und ich meine Fensterscheiben gerade nicht sehe. Eigentlich könnte ich die schnell mit in den Warenkorb schieben.

Ein Auge wandert zum Fernsehbildschirm. Was ist denn das für ein Sportgerät. Cool, alle Muskelgruppen werden trainiert und es scheint Spaß zu machen. Perfekt, wie man das Teil zusammenklappen und verstauen kann. Und wenn das Sportgerät von einem Profi präsentiert wird, der kennt sich schließlich mit ganzheitlichem Training aus. Das Gewissen meldet sich und fordert meinen inneren Schweinehund zum Ringkampf heraus. Ach, ich bestelle es einfach mit, notfalls besteht die Rücksendeoption.

Und so habe ich mir, meiner Meinung nach, sinnvoll die Nacht um die Ohren geschlagen. Der Haushalt wurde bereichert und für mein Gewissen habe ich auch etwas getan. Jetzt muss nur noch schnell die Lieferung erfolgen, so dass ich sportlich loslegen kann. Außerdem können die alten Aufbewahrungsdosen mal weg. Die Deckel sind zum Teil nicht mehr verwendbar. Da werde ich morgen mal aussortieren.

Der Gedanke, dass meine Fenster zukünftig, auch im Sonnenschein, perfekt sauber strahlen, lässt ein Lächeln auf mein Gesicht zaubern. Die Tücher gehen bestimmt auch für das Ceranfeld und die Spiegel. Die berühmten „drei Fliegen mit einer Klappe". Check!

Eines ist aber auch klar, jede Nacht nicht einschlafen können, wäre für mein Sparschweinchen nicht gut. Die Verführung ist einfach zu groß.

Ich warte nun sehnsüchtig darauf, dass der „Postmann dreimal klingelt".

Der Model-Weihnachtsbaum

Alle Jahre wieder geht Anfang Dezember bei mir die Suche nach dem perfekten Weihnachtsbaum los. 170 cm, dicht und grade gewachsen, nicht so ausladend.

Hier in meiner Heimat kann man den Weihnachtsbaum selbst „schlagen". Also geht es bewaffnet mit gefütterten Gummistiefeln und Säge zum Weihnachtsbaum-Verkauf. Das Auto ist selbstverständlich mit Decken ausgelegt, nicht dass es versaut wird.

Natürlich sind wir nicht die Einzigen, die den perfekten Baum suchen. Ein Gewusel, es duftet nach Glühwein und Bratwurst. ‚Eigentlich könnte ich jetzt solch leckere Holzkohle-Bratwurst ...' - nicht ablenken lassen, sonst hat ein anderer MEINEN Baum!

Die Suche beginnt. Bloß nicht dort hingehen, wo alle sind. Oh, wie ist es mit dem? Ach nee, der ist oben so kahl. Weiter und der? Unten viel zu breit. Tiefes Ausatmen und weiter. Zu groß, zu klein, zu krumm, zu kahl ... und dann nach gefühlter Ewigkeit – da steht er, wunderschön gewachsen. Eine Augenweide – meins! Also auf die Knie und sägen.

Glückselig sitze ich im Auto, ein verträumtes Lächeln – in Gedanken schmücke ich schon.

Zu Hause angekommen, geht's in den neu erworbenen Weihnachtsbaumständer. Hoffentlich ist der Baum fest genug eingespannt. Eine kurze Panikattacke. Der „Bewegungstest" bestätigt: alles fest. Das Netz entfernen und die Schönheit entfaltet ihre volle Pracht. Und ab damit in das Wohnzimmer. Er passt so perfekt, ich bin jetzt schon verliebt. Meine Augen glänzen vor Glück.

Nun beginnt die Paradedisziplin: das Schmücken! Die Qual der Wahl – in welcher Farbe wird geschmückt? Champagner, rot, rot-weiß, silber? Nach ca. 30 Minuten und zwei Kaffee habe ich mich für rot-weiß entschieden. Erst die Spitze – in den letzten Tagen neu erworben. Dann die nun endlich kabellosen Kerzen. Anschließend die Kugeln – mit Muster, mit Glitzer (zwingend) in rot und rot-weiß. Dazu Kristalle und kleine Figuren wie zum Beispiel einen VW-Bus, eine Vespa, verschiedene Engelchen und Zuckerstangen. Logisch, alles passend.

Nach reichlich einer Stunde ist das Werk vollbracht. Ich schaue mit einem Glas Rotwein zufrieden zu DEM ultimativen Model-Baum. Gut es gab Verluste – zwei Kugeln haben das Schmücken nicht überlebt, aber der Baum ist das alles wert.

Weihnachten und der Weihnachtsmann können kommen! Ich liebe dieses Fest.

Traumzeiten

Laut Wikipedia: „Unter Traum oder Träumen versteht man das Erleben während des Schlafes. Der Traum ist somit eine besondere Form des Bewusstseins. Während der Körper sich weitgehend in Ruhe befindet, kann der Träumer doch bewegte Szenen erleben. Nach dem Erwachen kann sich der Träumer an seine Träume zumindest in einem gewissen Umfang erinnern. Träume werden gewöhnlich als „sinnlich-lebendiges, halluzinatorisches" Geschehen erinnert und wirken zum Zeitpunkt des Träumens selbst real."

Nachts im Schlaf werden wir immer wieder von unseren Träumen überrascht. Träume sind Bilder, Gedanke und Gefühle, die uns im Schlaf heimsuchen. Manche Menschen träumen in Farbe, andere nur in schwarz-weiß. Und im Durchschnitt träumen wir zwei Stunden pro Nacht. Ein Traum kann in jeder Schlafphase auftreten, vermehrt aber in den Stunden vor dem Aufwachen. Angeblich können wir uns nur an einen Traum erinnern, wenn wir während des Träumens erwachen.

Es gibt Träume, die sind unheimlich schön und man möchte nicht geweckt werden. Sie haben so einen Wohlfühleffekt. Wünsche und Sehnsüchte in magischen Träumen versteckt. Ich glaube, ich lächle und mache „Geräusche" im Schlaf, wenn mich ein solcher Traum ereilt. Beim Aufwachen fühlt man sich gut, erholt. Bitte mehr davon.

Dann träumt man von Menschen, die man Jahre, Jahrzehnte nicht gesehen hat und fragt sich, wie dieser Mensch plötzlich im Traum auftauchen kann. Es gibt keinen Bezugspunkt zum hier und jetzt. Das macht irgendwie unruhig. Ist das ein Vorzeichen auf ein anstehendes Wiedersehen? Ist eine Sehnsucht, eine Angst versteckt?

Andere Träume sind so real, das man morgens aufwacht und überlegt, ob es echt war. Die Menschen, Orte, Farben, Bilder sind so authentisch, man kommt ins Grübeln. Ich hatte als Kind so einen Traum, in dem war meine Mutti die Hauptperson und die Treppe in meinem Elternhaus. Nach dem Aufwachen bin ich erst einmal zu meiner Mutti ans Bett geflitzt – alles war gut. Sie war da.

Und dann gibt es die Träume, die immer und immer wiederkehren. Die Wissenschaft geht davon aus, dass uns diese Träume einen Hinweis auf real existierende Probleme geben.

Das Traumdeuten ist sehr, sehr spannend und umfasst irre viel Lektüre. Bereits Sigmund Freund hat sich im späten 19. Jahrhundert mit der Bedeutung von Träumen befasst. Noch vor einigen Jahren ist man davon ausgegangen, dass Träume die „Klärgrube" des Gehirns sind. Heute ist man sich einig, dass sie uns helfen, Tageserlebnisse zu verarbeiten. Träume spiegeln Erfahrungen aus dem Alltag wider.

Ich liebe Träume. Ob Tag- oder Nachtträume, ob Wünsche und Sehnsüchten in Träumen versteckt. Träumen tut der Seele gut! Das Gedächtnis wird positiv beeinflusst und ein Traum ist für das geistige Gleichgewicht von großer Bedeutung.

Lasst uns träumen und vielleicht den einen oder anderen Traum wahr werden lassen und leben!

Tollpatschigkeit hat einen Namen

Tollpatschig – unbeholfen und ungeschickt – man könnte es nicht besser formulieren.

Ich weiß nicht, wie es euch geht, aber ich liebe die vielen Facetten an mir. Mal coole Businesslady, dann wieder kleines verrücktes Mädchen, Bohrmaschinenbedienerin, lustige Chaosschnecke, ernsthafte Gesprächspartnerin, emotionale Zuhörerin, cabriofahrende Glitzerprinzessin, Räubertochter in Knöchelturnschuhen, Dancingqueen, Freundin mit der man jede Menge Dummheiten machen kann, … Und dann schlägt die Tollpatschigkeit mal wieder zu.

Kennt ihr das, ihr macht die Kaffeemaschine an aber vergesst, die Tasse unter zu stellen. Oder ich befülle die Waschmaschine, schaue nach einer Stunden nach, da die Wäsche ja noch „ein bissel abhängen möchte", die Maschine nicht angemacht. Die ersten Bohrmaschinenversuche und man verwechselt Holz- und Steinbohrer – das Brett ist fast in Flammen aufgegangen.

Man sitzt in einem Fastfood-Restaurant und hat eine Cola vor sich. Es ist Winter. Beim Erzählen gestikuliere ich, denke noch ‚Bloß nicht umkippen' und wie sollte es anders sein, ich stoße die Cola um, alles ergießt sich in meinen Schritt. Grandios! Die Familie am Nebentisch verschluckt sich vor Lachen, ich muss letztendlich auch lachen. Ab ins Auto und Hose aus. Nun sitze ich im Kurzmantel, Slip und Stiefeln und habe noch eine Strecke vor mir. Also ab auf die Piste. Keine 100 Kilometer und ich erblicke eine leuchtende Kelle vor mir – die Polizei. Ordnungsgemäß fahre ran, lasse das Fenster herunter. Ein uniformierter Herr stellt sich vor und meint „Allgemeine Verkehrskontrolle, Fahrzeugpapiere und Führerschein bitte." Das ist unproblematisch, Hauptsache nicht aussteigen. Bei dem Gedanken wird mir ganz komisch. Jedenfalls läuft der Herr um das Auto, prüft die TÜV-Plakette und dann kommt der Satz, den ich nicht hören wollte: „Könnten Sie mir bitte Warndreieck und den Sanitätskasten zeigen." ALPTRAUM, bitte lass mich aus diesem Traum aufwachen. Ich öffne die Tür, steige aus, versuche meinen Mantel länger zu ziehen – Kurzmantel bleibt aber leider nun mal Kurzmantel. Ich sehe den leicht irritierten Blick, egal, mit erhobenen Hauptes gehe ich zum Kofferraum und erfülle die Wünsche. ‚Nein, ich mache das nicht beruflich (nicht dass die noch eine Gewerbeerlaubnis sehen wollen)!' Dann kommt: „Ist Ihnen nicht kalt?". Ich: „Ignorieren Sie bitte meinen Kleidungsstil, meine Hose liegt in Cola mariniert auf dem Rücksitz." Schnell steige ich wieder ein und als mir Fahrzeugpapiere und Führerschein zurückgegeben werden kann man sich die Bemerkung „Aber nicht erkälten!" mit einem Grinsen nicht verkneifen. Tse!

Ich lerne an meinem Holzschreibtisch zu Hause. Dieser hat normal rechts eine Schublade, die auf zwei Metallschienen läuft. Die Schublade ist derzeit aber zur Reparatur.
Na super, die Schere ist hinter den Schreibtisch gefallen. Rückwärtsgang mit dem Bürostuhl und unter den

Schreibtisch krabbeln. Leider habe ich nicht mehr an die fehlende Schublade gedacht und beim zurück krabbeln ramme ich mir eine Ecke einer Metallschiene mit Wucht in den Kopf. Kurz Sterne, schwarz. Blutanfasstest negativ, also keine Platzwunde. Gut, der Schädel brummt etwas, geht schon. Zwei Tage später dann die Diagnose: Gehirnerschütterung. Blöde Schere!

Jeder grinst, wenn ich diese Story erzähle, alle haben nicht jugendfreie Gedanken. Ich war aber alleine zu Hause!

Ich cruise in meinem Tussiauto die Alleestraße entlang, plötzlich ein Polizeiwagen hinter mir. Ich werde überholt mit „Bitte folgen"-Leuchtreklame. Ich war nicht zu schnell, bin angeschnallt, … Wir parken auf einem Feldweg. Zwei nette Herren steigen aus ihren Dienstwagen und wieder „Fahrzeugpapiere und Führerschein bitte" – kein Problem, habe das Auto ja nicht geklaut. Jedenfalls darf ich wieder Warndreieck, Sanikasten und sogar Warnweste zeigen. Und dann sagt der eine lächelnd: „Entschuldigung, aber ich wollte mir einfach mal ihr schickes Auto ansehen." Ich schaute ihn an, als ob er in einer mir fremden Sprache redet. Als sein Satz dann in meinem Kopf verarbeitet ist, blitze ich ihn an und meine: „Das kostet jetzt was." Lieb gemeint wurde mir Kaffee aus der Thermoskanne angeboten, was ich dankend ablehnte. Letztendlich musste ich aber auch grinsen. Die Polizei, dein NEUGIERIGER Freund und Helfer! Macht sie irgendwie menschlich und sympathisch.

Als Kind hatte ich Wellensittiche. Einer davon war besonders clever, quatschte alles nach und pfiff wie ein menschliches Wesen. Wir machten uns den Spaß, ihm den Bauarbeiter-Pfiff beizubringen (dieses Machopfeifen, wenn eine hübsche Lady an der Baustelle vorbei geht). Keine gute Idee!

Der Schornsteinfeger hat sich angemeldet, ich war damals ungefähr 18 Jahre. Jedenfalls steigt er auf der Leiter die Dachbodenluke hinauf und in dem Moment muss der blöde Vogel den Bauarbeiter-Pfiff absetzen. Der Schornsteinfeger hielt inne, drehte sich um, grinste. Unter stottern und mit rot gefärbten heißen Wangen bemerkte ich: „Das war der Vogel."
Der Schornsteinfeger: „Der kann aber authentisch pfeifen."
Ich wünschte mir, dass sich der Boden unter mir auftut und ich in einem großen Loch verschwinde.

An einem meiner runden Geburtstage … es war wahnsinnig viel Schnee. Voll bepackt fiel ich zuerst die Außentreppe hinunter (nichts passiert, außer dass ich lachen musste), dann brach der Garagenschlüssel im Schloss ab und zu guter Letzt sprang ein Auto nicht an (Batterie und Lichtmaschine hatten ade gesagt). Drei Dinge auf einmal, das geht nun wirklich nicht. Ich hatte trotzdem einen wirklich schönen Geburtstag.

Mein ersten Fahrradausflug zu Corona-Zeiten. So schönes Wetter, einfach mal raus. Also ab aufs Mountainbike. Ein grob asphaltierter Weg am Wasser, vor mir lief eine Familie mit kleiner Tochter an der Hand. ‚Hoffentlich hört man mich.' In dem Moment rannte die Tochter los. Vollbremsung, leider im Schreck nur mit der Vorderbremse. Ich dachte noch:

‚Mist, das wird jetzt nicht gut. Das Hinterrad kommt hoch. Bloß gut über den Lenker abrollen.‘ und schon machte ich einen akrobatischen Satz über den Lenker. Die Kleine weinte vor Schreck, aber zum Glück ist ihr nichts passiert. Der Familienvater holte schnell Pflaster, da meine Hand-innenflächen aufgeschabt waren. Es gab noch ein paar andere kleinere bis mittlere Defekte an mir, aber nichts, was dramatisch war. Kurz danach habe ich mir dann einen wirklich schicken Fahrradhelm gekauft und trage Fahrrad-handschuhe. Ja, auch ich lerne dazu.

Seid ihr schon mal aus dem Fahrstuhl gefallen, weil einer der beiden High Heels unbedingt im Fahrstuhl bleiben möchte, obwohl du schon auf dem Weg nach draußen warst? Und dann steht da eine bekannte Persönlichkeit aus Funk und Fernsehen. Sein Kommentar: „Oh, was für ein Schmuckstück fällt da zu meinen Füssen!". War mir das peinlich. Schade, dass der Musiker so früh und jung verstorben ist. Der Abend war noch sehr kurzweilig.

Oder du stehst an der Kasse, willst die Flasche Chillisoße auf das Band legen und sie rutscht dir aus der Hand. Eine schöne Schweinerei.

Ich habe noch eine Kassenstory. Als Bankerin trägt man Namensschild mit Magnet. Ich wollte schnell in der Mittagspause einkaufen. Also Schild ab, ins Portemonnaie. Wagen voll und jetzt kommt es zum Bezahlvorgang. ‚Karte nicht lesbar‘ – nochmal raus, den Magnetstreifen putzen, wieder rein. ‚Karte nicht lesbar'. Die nächste Karte ‚Karte nicht lesbar'. Kann doch gar nicht sein. Ich spüre die Hitze in mir aufsteigen. Hinter dir schon eine Schlange, du merkst die Blicke im Nacken und die Frage ‚Na, Konto ausgereizt?', die Frau an der Kasse schaut dich skeptisch an. Bis ich das Magnetschild im Portemonnaie sehe! Alle Karten, wirklich alle defekt, da sämtliche Magnetstreifen gelöscht waren.

Mitten im Meeting bei einer Landesbank reißt dein BH-Träger und der BH rutscht. Unter der weißen Bluse …

Schön, wenn auch andere etwas erleben, bei denen sie rot werden. So stand ich an der Kasse. Vor mir ein Vati mit seiner kleinen Tochter. Die Kleine dreht sich zu mir um und sagt: „Vati, guck mal, die Tante sieht aus wie meine Püppi." Er entschuldigte sich bei mir, ich bemerkte nur: „Alles gut, ich finde, das war ein Kompliment sofern sie nicht Cucky die Mörderpuppe meint!"

Und so erlebt man immer wieder wundervolle, herzliche, schöne Dinge, die uns zeigen, dass wir Menschen sind – so perfekt unperfekt, manchmal unbeholfen, oft stark – halt einfach verdammt menschlich!

Abschied von Klaus

Ach Klaus ... danke, du warst eine lange Zeit an meiner Seite und ein treuer Begleiter. Du hast mich gewärmt, warst da als ich Bauchweh hatte oder der Rücken schmerzte. Fast durch jede Nacht hast du mich begleitet – heißblütig, beugsam, still, stets um mein Wohlergehen besorgt.

Du hast dich für mich aufgeopfert und niemals gemeckert trotz der unendlich vielen Einsätze. Und was haben wir für Nächte durchgemacht, ich konnte mich auf dich und dein Schweigen stets verlassen. Plötzlich rieselten kleine Tröpfchen, sie ähnelten Tränen aus dir. Du wusstest in dem Augenblick bereits, dass es Abschied bedeutete.

Du hast den kleinen Riss gespürt, den Riss der alles verändert hat. Damit war klar, dass ich dich leider nicht mehr in mein Bett nehmen kann. Als ich es spürte, war ich einfach nur unendlich traurig. Wir waren so lange ein Dreamteam.

Klaus, du wundervolle himmelblaue Wärmflasche. Danke für unsere schöne und sehr intime Zeit. Ja, ich habe meiner Wärmflasche einen Namen gegeben – wir haben fast jede Nacht miteinander das Bett geteilt, da entstehen eine gewisse Nähe und Intimität. Klaus hatte eine Seele, eine genügsame und wundervolle.

Die Ansprüche und Anforderungen für deinen Nachfolger sind hoch, du hast riesige Fußspuren hinterlassen. Mal schauen, ob er genau so gewissenhaft „arbeitet". Einen Namen habe ich schon: Jerome (ich wollte auch einmal „up to date" sein).

- ENDE -